Pornografia

Witold Gombrowicz

色

〔波〕维托尔德·贡布罗维奇 著

杨德友 译

人民文学出版社

PEOPLE'S LITERATURE PUBLISHING HOUSE

图书在版编目(CIP)数据

色/(波)维托尔德·贡布罗维奇著;杨德友译.
—北京:人民文学出版社,2021
(贡布罗维奇小说全集)
ISBN 978 - 7 - 02 - 013194 - 5

Ⅰ.①色… Ⅱ.①维… ②杨… Ⅲ.①长篇小说-波
兰-现代 Ⅳ.①I513.45

中国版本图书馆 CIP 数据核字(2017)第 191327 号

责任编辑　叶显林　何炜宏　邰莉莉
装帧设计　汪佳诗

出版发行　人民文学出版社
社　　址　北京市朝内大街 166 号
邮　　编　100705
网　　址　www.rw-cn.com

印　　刷　山东临沂新华印刷物流集团有限责任公司
经　　销　全国新华书店等

字　　数　138 千字
开　　本　889×1194 毫米　1/32
印　　张　8.75
版　　次　2012 年 12 月北京第 1 版
印　　次　2021 年 1 月第 1 次印刷

书　　号　978 - 7 - 02 - 013194 - 5
定　　价　49.00 元

如有印装质量问题,请与本社图书销售中心调换。电话:010 - 65233595

题　　解

　　《色》的故事发生在战争期间的波兰。为什么呢？部分原因是，战争的氛围最适合于故事的展开。部分原因是，具有波兰内涵：甚至一眼看上去就能想到，这是模仿罗杰维楚芙娜（Maria Rodziewiczowna，1864—1944）或者查日茨卡（Irena Zarzycka，1900—1978）那类的廉价浪漫小说（这类的相似性在以后的模仿中消失了吗?），还有部分原因正好相反：要提示我们民族，除了在理论上……已经确立者之外，在他们的胸襟中还蕴藏着其他的冲突、戏剧、思想。

　　我并没有亲身经历战时的波兰。没有亲眼目睹。从一九三九年起，我就再也没有见识过波兰。我描写的内容，全凭想象。所以，这是想象中的波兰——请看官不要介意，描写有时候张狂、有时候想入非非，因为要点不在这里，这对于发生在那儿的事件来说是完全没有意义的。

　　还有一事。请看官不必在涉及国家军的议题（见第二部）中寻找批评的或者讽刺的意向。国家军可以认定我怀有的尊敬的态度。我设想出来了这样的情景——这样的情景很有可能出现在任何一个地下组织之中，因为这是构思和在这里有点传奇戏剧式构思中的精神要求使然。无论有没有国家军，人总是人——到处都能够遇见遭受怯懦侵袭的领袖或者密谋所要求的谋杀。

维·贡

第一部

一

　　我要给你们说一说我另外的一次经历，也许最是命中注定的一次。

　　当时是一九四三年，我在昔日的波兰逗留，在昔日的华沙，在既成事实的底层。萧然寂静。我在左迪亚克、杰绵斯卡、伊普斯等原来咖啡馆里结交的一伙熟人和朋友，每星期二在克鲁查大街一个公寓里聚会；在那儿，大家一面喝酒，一面都还力求按照以往的方式生活，当艺术家、作家和思想家……重新拾起往日的聊天话题和关于艺术的争论……嘿，嘿，嘿，在缭绕的烟雾之中，他们坐着、躺着，至今历历在目，有的瘦骨嶙峋，有的筋疲力尽，但是所有的人都大呼小叫、吆五喝六的。比如，一个人呼喊：上帝；第二个人：艺术。第三个：民族；第四个：无产阶级。大家争论得十分热烈，就这么继续下去——上帝、艺术、民族、无产阶级——不知什么时候，一位中年客人出现，又黑又干瘦，长一个鹰钩鼻子；向每一个人自我介绍，礼仪周全。然后却几乎一言不发。

有人递给他一小杯伏特加，他十分谦恭地致谢——又以同样的礼仪说："可不可以送给我一根火柴……"说完就等着火柴，等着……有人给了他火柴，他着手点烟。这时候，讨论依然火热——上帝、无产阶级、民族、艺术——而香烟的烟雾已经开始呛鼻。有人动问："是什么风把您吹到这儿来了，弗雷德里克先生？"对此，他立即给予了详尽的回答："我从艾娃女士那儿得知，平塔克常到这儿来，所以顺便进来了，因为我有四张兔皮和皮鞋底要卖。"为了不说空话，他展示包在纸里的四张兔皮。

有人递给他一杯茶，他喝了茶，可是把那一小块糖留在小碟子里；他伸出手来，准备捏起这块糖送到嘴里，可是也许觉得这样的动作不太得体，所以缩回了手；但是，缩手的动作可能是更加不得体的——于是他第二次伸出手去，捏起糖块吃了——但是，吃是吃了，却不是为了糖甜蜜可口，而只不过是为了举止得体……是因为这糖呢，还是因为我们？……接着，为了抹掉这个印象，他咳嗽了一声，为了显示咳嗽的原因，他掏出手绢，但是没敢擦鼻子——只是稍稍挪动了一条腿。因为挪动腿，又给他造成新的问题，所以他安静下来，再也不动了。这个特别的行动（因为他不仅是一直在"行动"，而且是不断地"行动"），在第一次会见的时候，就激起我的好奇心，在以后的几个月里，我逐渐接近了这个人；这个人显出并非没有教养，而且，在艺术方面有相当的经验（曾经从事过戏剧）。因为我知道……知道……干脆直说吧：我跟他一起做了点小买卖，赚点钱维持生计。就是这样，但是为时不长，因为有一天我收到了一封信，写信的人叫希波，或者希波利特·S，是桑多米尔地区的一个地主，邀请我们去访问他——希波利特还说，他想和我们商谈他在华沙的事务，在这方面，我们可能对他有帮助。"这儿应该是安全的，不会出事，但是有土匪出没，有时候还抢劫，你得注意，他们有不良行为。你们两个人一起来吧，安全点。"

乘车去吗？两个人一起？关于两个人一起旅行的疑团频频涌现在我面前，说不清道不明……因为把他带到乡下去，让他继续玩他的游戏……还有他的躯体，那躯体是那么……"特殊"吗？跟他一起旅行，能够不理睬他无尽无休的"虽然沉默却纤毫毕现的不雅派头"？……摆脱不了像他这样"名声受损、因而损害他人名声"的人造成的负担？……把自己曝露于和……和……这样的人发出的纠缠不休的"对话"吗？……还有他的"知识"，他那种关于……的知识？……他的狡猾？他的种种奸猾表现？实际上，这一切我都不太喜欢，但是，从另外一方面来说，他却独自玩他的游戏，乐此不疲……脱离我们大家的集体戏剧，和关于"民族、上帝、无产阶级、艺术"的讨论毫无关系……对我来说，这是某种休息，某种解脱……而且，他是无懈可击的、安静的、谨慎的！一定要到那儿去，两个人要愉快得多！结果，我们钻进了火车车厢，还挤到了车厢内部……火车终于在呼哧呼哧的吼声中出发了。

下午三点整。大雾。一个女人的身躯横在弗雷德里克前面，一个小孩的一只脚在他下巴颏上晃悠……他就这样乘车走……但是旅途中他照常挺直身子，保持良好的风度。他保持沉默。我也保持沉默，火车颠簸着我们，摇晃着我们，一切都似乎是铁定的……但是，透过小块的车窗，我看到了发青色的、沉睡的田野，我们正在摇摇晃晃地呼啸着在这田野里奔跑……还是那已经见过多次的宽阔平原，伸展到地平线，土地被分割成一块一块的，有几棵向后逃跑的树木，一座小房子，向后退却的附加建筑……永远是这些景色，都在预计之中……但又不是同样的！不是同样的，就因为是同样的！而且不可预知，无法索解，干脆就是，不可理解，没有线索！那个小孩尖叫，那个丑女人直打喷嚏……

那股酸味……早就熟悉的伴随火车旅行的永恒困苦，电线杆子或者沟渠起伏不定的线条，突然闯入车窗的树木、电线杆子、简易的棚子，向后迅速退却、滑行的一切……或者，远处地平线上，一个烟筒或者小山……出现，长时间固守在那儿，就像是压倒一切的焦虑，主导一切的焦虑心情……因为缓慢的拐弯而终于消失其后。弗雷德里克就在我前面，被另外两个人的头分开了我们，他的头部就在跟前，在跟前，我看得见——他保持沉默，乘车前进——而他人的躯体，蛮横的、侵袭成性的、压挤过来的躯体则加深了我和他躯体的接近……都不说话……太过分了，看着上帝的分上，我打心眼里不愿意和他一起旅行，但愿共同旅行的想法压根就没有出现，那多好啊！然而，他的躯体就摆在这儿，不过是众多躯体之中多出了一个，就在这儿……但是，同时……又是清晰地，坚忍不拔地……是无法躲避的。不容你把它驱逐、处理、清除掉，他就在这拥挤的人群里，而且……他的旅行，他在空间中的冲击，是不能和他们的旅行比拟的——他的旅行要重大得多，甚至有威胁的意味……

　　他隔一会儿对我微笑一下，说一句话——大概是为了让我能够忍耐和他同行，减少因他的在场造成的压迫感。我已经明白，把他从城市里带出来，进入京城华沙之外的广阔空间的做法是一个冒风险的举动……因为在这样辽阔空间的背景上，他独特的内在特质肯定会散发得更加强烈……他自己也是知道这个情况的，因为我从来还没有见过他像现在这样温顺、谦卑。片刻之间，暮色降临，这种强力逐渐吞噬形体，开始逐渐涂抹他，于是，在这摇晃和奔驰驶入黑夜、走向消亡的车厢中，他变得模糊不清。但是，这一切没有模糊他的存在，只不过眼睛看得不太清楚而已：他潜伏在朦胧的纱帐后面，他还是他。电灯突然亮了，又把他陈列在亮光之下，陈列出他的尖下巴颏、紧闭的嘴角和耳朵……他纹丝不动，眼睛盯着一根摇晃的细绳，正是他！火车又停了，我身后有蹬腿蹭脚的声音，有人推挤，也许出了什么事吧——但是，他就在这儿，就在！车开动了，外面是黑夜，机车冒出火星，已经是夜间行车——我究竟为什么要带他来呢？我为什么让他作伴，本来想要减轻负担，反而弄来了一个累赘？这趟车迷迷糊糊行驶了许多小时，走走停停，最后变成了走而走，昏昏沉沉，不屈不挠，这样前进，一直捱到了奇美洛沃，我们下车，提着行李箱站在铁道旁边的小道上。走远的一线列车随着沉寂的呼啸声而消失。寂静，谜一般的微风，天上的星星。蟋蟀声。

经过许多小时的拥挤行车之后，我终于解脱，突然出现在这条小道上——旁边是弗雷德里克，手里拿着外衣，静静地站着——我们是在哪儿呢？怎么回事？我熟悉这个地方，这微风也不陌生——但是，我们是在什么地方呢？那边，在正对面，是熟悉的奇美洛沃车站建筑，还有几盏闪闪烁烁的灯，但是……我们到了什么地方，降落在哪一颗行星上了？弗雷德里克在旁边站着，愣愣地站着。我们向车站走去，他跟在我后面，这儿有一辆马车、马匹和车夫——马车是熟悉的，车夫摘帽子致意的态度是熟悉的，那我为什么还愣愣地瞧着呢？……我上了车，弗雷德里克跟我上了车，车走了，黑暗天空微弱光线下的沙土路，树木或者灌木黑影从两侧团团涌来，我们进了勃茹斯托瓦村，木板墙显露出白色的油漆，传来狗吠声……都显得神秘……前面是车夫的后背……神秘的……而旁边就是这个人，他沉默而殷勤地陪着我，嗯。看不见的地面时而摇晃、时而颠簸我们的马车，都是昏黑的坑穴。树木之间逐渐加重的昏暗，都挡住了我们的目光。我想听到自己的声音，便开口对车夫说：

"喂，怎么样啊？你们这儿平安无事吧？"

于是听见他说：

"暂时平安无事。林子里有土匪……可是近来没有出什么事……"

看不见脸，声音是同一个——却又不是同样的一个。眼前只有车夫的后背，我想向前探探身子，看清楚车夫的后背，可是又打消了这个念头……因为弗雷德里克……还在这儿呢，就在我旁边。而且他极度安静。有他在我身旁，我宁愿谁的脸面也不看……因为我突然领悟到，坐在我旁边的这个东西，虽然安静，骨子里却是激进的，激进到了疯狂的地步！是的，是个极端主义者！到了疯狂地步的极端！不不不，这不是普通的存在物，而是某种更具掠杀性的东西，而且浸透了我迄今毫不知晓的极端性！我情愿不看他人的脸——甚至车夫的脸；看不见的地面摇晃、颠簸马车，点缀着几颗星星的四下里的黑暗吞没了我们视力的时候，这个车夫的后背就像小山一样向后倾倒。后面的一段路途，谁也没说话。我们终于进了一条林荫道，马匹的精神也振作起来——大门、看门人和狗——大门锁着，吱吱嘎嘎沉重的开门声响——希波利特提着灯迎接……

"哎，上帝保佑，你们总算来啦!"

这不是他吧?他脸上那股往外扩散的红颜色令我吃惊、令我后退，因为还在扩散……整个看起来，他像是患了水肿，这种病使得他身上的一切都膨胀起来，向四面八方疯长，他躯体的肿胀像是喷发出肌肉的火山……他伸出穿长筒皮靴的阴森森的脚，他的一双眼睛好像是从舷窗里冒出来似的。但是他靠近了我，拥抱了一下。羞涩地轻声说:

"把我吹鼓了……鬼才知道……我怎么发胖了。因为什么呢?什么都是原因。"

他又细看发肿的手指头，万分焦虑地重复，轻声自言自语:

"发胖了。为什么?大概什么都是原因。"

又呼吼道:

"这是我的内人!"

然后又为了一己的心情嘟囔着:

"这是我的内人。"

又嚷嚷起来:

“这是我的海妞霞，海妞特卡，海涅奇卡①!”

然后又自言自语地重复，别人几乎听不见：

“这是我的海妞霞，海妞特卡，海涅奇卡!”

接着，他客客气气、十分优雅地对我们说："二位光临，很荣幸啊，可是，维托尔德，介绍一下你的朋友……"说完之后，他闭上眼睛，又重复刚才的话……嘴唇直抖动。弗雷德里克拿出最大的礼貌亲吻女主人的手；女主人的忧郁表情此刻添加了若有似无的微笑，女主人的轻盈显示得很细腻……接着就是一阵寒暄，邀请进入住宅，请坐、叙谈——在这样好不容易熬到头的旅行之后——灯光带来迷迷蒙蒙的气氛。晚餐，用人上菜。又困又乏。伏特加。我们都强打着精神听着，努力理解，席间的谈话内容都是形形色色的大麻烦，涉及国家军、德国人、土匪、行政部门、波兰警察、抓人——到处弥漫的恐怖和奸淫——证明就是百叶窗外都加了铁条，旁门都钉死……封闭，加铁皮。"有人烧毁了谢涅胡夫，在鲁德尼基，一个看守的腿被打断，我这儿有从波兹南地区逃来的人，最糟糕的是，不知道奥斯特罗维茨和波泽胡

___

① 都是女孩名字"海妮亚"的爱称。

夫的情况怎么样，那儿有工厂宿舍区，只好等着，打听着，暂时平安无事，可是战线一靠近，一切就都遭殃……遭殃！先生，那就是杀人、作乱、抢劫！抢劫！"他大吼，接着又在沉思中对自己小声嘟囔：

"抢劫。"

又大吼：

"最糟糕的是，没地方逃跑！"

又小声嗫嚅：

"最糟糕的是，没地方逃跑！"

但是灯还点着。晚餐继续。困倦。希波利特浑身的肥大、水肿，外加浓重的睡意，女主人飘浮在她那股清高之中，还有弗雷德里克和往灯上直撞的飞蛾，掉进油灯的飞蛾，往灯上扑的飞蛾，旋转向上的楼梯，蜡烛，我倒在床上，立即睡着了。次日清晨墙上有一块三角的阳光。窗外有人说话。我起来，打开百叶窗。早晨。

二

簇簇树丛形成蜿蜒曲折的林荫小路，花园延续到菩提树外面，那里可以预先感受到隐藏着的水池水面——啊，布满阴影中和阳光下露珠的绿荫！早餐之后，我们到院子里来——这里有两层的白色房屋，配有采光窗，周围长着云杉、枞树，有小路和花坛——整座房屋令人惊叹，就像过去遥远的战前未曾遭受损害的遗物……凭藉未遭损害的状态，而显得比现在的一切更为真实……与此同时，因为它与现时有别，所以不真实这样的意识把它变成了某种戏剧布景……所以，这座房屋、花园、天空和田野都变得既是剧院，又是真实场景。哟，男主人来了，胖大、浮肿、肥壮的躯体穿着绿色外套，的确还是按老派头走了过来，从远处向我们伸出手来，问我们睡得好不好。大家懒懒散散地闲聊，不慌不忙，出了大门，来到田野，目光远眺视野之内起伏伸延的大地，希波利特和弗雷德里克聊天，用皮靴踩碎土块，谈论耕种和丰收。我们向住宅方向漫步。主妇玛丽亚站在露台上打招呼：您好，您好；一个小孩子穿过草地跑了，大概是厨娘的儿子吧。这个早晨，我们就是这样散步的——这是已经逝去的昔时多个早晨的重复——但是也并不就这么简单……因为有一种虚弱感潜伏在风景之中，我又觉得，这一切虽然还是原来的一切，却变得完全不同了。这是令人误入歧途的思想，戴了假面具的丑陋的思想！弗雷德里克在我旁边走着，沐浴在明丽的晨光之中，甚至可以尽数他耳朵后面冒出来的头发，和长时间住地下室那种苍白皮肤掉下来的皮屑。这个弗雷德里克，我要说，是个驼背，病快快的，胸部塌陷，戴着眼镜，长了一张爱激动的人的嘴，手总是插在裤兜里——是一个到了粗野农村的典型的城市知识分子……然而，在这一对比之中，农村已经不能取胜，树木失去了自信心，天色已不明朗，牛不再显示出应有的反抗，农村的久远特质现在被搅浑，似乎被割断……似乎弗雷德里克现在比野草更真实。更真实吗？这是一个讨嫌的思想，令人不安、肮脏，有点疯癫，甚至富有挑战性、纠缠不休、有破坏作用……我也不知道，这个思想是从弗雷德里克他那儿来的，还是源于战争、革命、敌人的占领……还是来源于第一个或者第二个原因，或者二者都有。但是，他的行为非常得体，问希波利特农业经营的事项，谈可以预计到的问题，很快，我们看到了海妮亚，她穿过草地向我们走来。太阳烤着我们的皮肤，眼睛发干，嘴唇发焦。海妮亚说：

"母亲准备好了。我已经告诉他们套车。"

"到教堂去，做弥撒，因为今天是星期天。"希波利特解释说，又小声自言自语，"做弥撒，到教堂去。"

他宣布：

"先生们如果愿意和我们一起去，十分欢迎，但是不勉强，宽容，哈，对吧？我是要去的，因为，只要我活着，我就去！只要教堂在，我就去教堂！还带着妻子、女儿，乘马车去——因为我不需要躲避什么人，让他们看着我吧。让他们瞧得目瞪口呆——好像我从照相机里出来……让他们拍照片吧！"

又小声说："让他们拍照片吧！"

弗雷德里克已经和颜悦色地宣告，我们准备参加教会的活动。我们乘车走，马车的车轮走进沙地上的车辙辘条沟，发出沉闷的呻吟；车走到山坡上的时候，渐渐显露出展现在低地最深处的广阔土地，这儿，天显得特别高，地面的起伏僵凝不动。远处有铁路。我不由得想笑。马车、马匹、车夫、皮革和油漆的暖烘烘的气味、尘土、阳光、绕着人脸飞来飞去的讨厌的苍蝇、在沙地上摩擦的橡胶车轮发出的吱扭声——这一切大家都熟悉，已经几百年了，这儿的无论什么、什么都没有变化的！但是，我们到了山坡上，宽阔平野的气息拂面而来，平野尽头朦胧显现圣十字山，这个时候，这次旅途的怪异才几乎捶打在我的胸口上——我们好像来自一张石印版画——像家庭旧相册上一张了无生气的照片——而在这个山坡上，在最远的边缘上可以看到早已废弃的车辆——因此，这块土地变得倾向于恶意嘲讽，生硬得傲慢无礼。已经死亡的旅途的怪异正好配合青色的地貌，这景色闪现过去，几乎全然受到了我们这次旅行的影响和颠簸。弗雷德里克坐在后排座位上，在玛丽亚夫人身旁，他四处观望，欣赏景色之美丽，在去教堂的路上，似乎真的是前往教堂——他大概还从来没有像今天这样善于交际、文质彬彬。马车向下行走，进入格罗霍利采山谷，一个乡村的地界从这儿开始，这儿总是一片烂泥⋯⋯

我还记得（这对于下文要谈论的事件倒也不无意义），主导的感觉依然是徒劳——又像昨天夜里那样，我从车里向前倾身，想一睹车夫的风采，可是又没有如愿⋯⋯所以我们仍然留在他的后背后面，像没有谜底的谜，我们的旅行全部在他的背后。马车驶进格罗霍利采村，左面是一条小河，右面有稀稀落落的茅屋和篱笆，有母鸡和鹅、木盆和泥水坑，有狗和农夫，或者经过打扮的老婆婆，沿着土路向教堂走去……礼拜天的村里一派宁静和慵懒……但是，这似乎像是我们的死亡，倾身平静水面之上，在水里引发出我们自己的影像，我们以往驾车来到这里的往事重又反映在这个永恒的村庄里，在记忆中喧嚣作响——这不过是面具——是为掩盖某种其他的事物……到底是什么？某种涵义……战争、革命、暴力、淫荡、贫穷、绝望、希望、斗争、愤怒、呼喊、谋杀、奴役、耻辱、垂死、诅咒、祝福……的涵义，我要说，无论是什么涵义，都太微弱，难以穿越这田园氛围的水晶，因而让这个年深月久的小小场景保持原样，这个场景只是它的正面而已……弗雷德里克和气周到地和玛丽亚谈话——一直有话可说，是为了避免请求"您再说点什么"吗？——马车拉到教堂围墙前面，我们开始下车……但是我完全不知道这一切都是什么，什么是什么样子……我们正走上教堂前面小广场的台阶，是平常的台阶呢，或者也是什么……？弗雷德里克让玛丽亚夫人挽着自己的胳膊，还脱帽行礼，引她到了教堂的大门，弄得众目睽睽——但是，他扶着她，也许仅仅是为了不去做另外某一件事吧？——希波利特在他身后，迈着沉重的步子，拖着沉重的躯体行走，他百折不挠，坚定不移，他知道，他们明天可能像杀猪一样地杀死他——但是他奋力前进，虽然遭到愤恨，虽然面目阴沉，听天由命。还是地主啊！但是，他当地主，是不是仅仅为了不接受其他的身份呢？

教堂里面一片昏暗，有蜡烛光芒穿过，充满了呻吟般的圣歌歌声，像窃窃私语，来自脸上没有表情、弯腰驼背的人群……在这个时候，藏而不露的多重意义消失——似乎有一只比我们更加强而有力的手恢复了礼拜祷告的主导秩序。希波利特这个地主心里暗暗怀着恼怒和激情，想要绝不屈服，现在却很安详、高贵，坐在捐赠人的座位上，向坐在对面的、来自伊坎的管家一家人点头致意。这是弥撒前的时刻，神甫还没有来，教众自己唱圣歌，走调、杂乱，声音尖细刺耳、怪里怪气，但是还是有章可循——就像一条被拴住的杂种狗一样，不伤人。这是规矩，是让人放心的气氛，是可贵的放松，在这儿，在这磐石般的往昔规范中，农民又成为农民，老爷又成为老爷，弥撒又成为弥撒，石头又成为石头，一切都恢复原状！

但是，希波利特的身旁，坐在捐赠人座位上的弗雷德里克慢慢下跪……让我有点不放心，因为可能有点太过分了……我不由得认定，他溜下来下跪，是为了不做出不同于下跪的行为……但是铃声响了，神甫拿着圣餐杯到场，他把圣餐杯放在祭坛上之后，鞠躬行礼。铃声又响。忽然，某种决定性的因素以巨大的力量强力闯进我的生存状态之中，我也因为筋疲力竭在半昏迷状态中下跪，受到内心的呼唤——在狂野的被抛弃感受之中——我也许祷告了……但是，弗雷德里克呢！我觉得，我怀疑，这个弗雷德里克是跪着的，自然要"祷告"——我甚至相信，因为我知道他的种种惧怕，所以他不善假装，而是真的"祷告"呢——意思就是，他不仅想要欺骗他人，而且也要欺骗自己。为了别人和为了自己"祷告"，但是，他的祷告仅仅是遮盖他无限大的、根本不祷告的烟幕弹……所以这是讨人嫌的"怪气"的行为，这股怪气把他推到这个教堂的外面，到达完全的非信仰的无边无际的境地——其核心就是否定的态度。到底出了什么事？要出什么事呢？我从来没有经历过这样的事。我从来就不相信，这样的事竟然能够发生。但是——究竟是什么事发生了？实际上，也没有什么，不过是某个人的一只手把这次弥撒的涵义，它的全部内容都抓走了，神甫走动，行礼，从祭坛的一侧到另一侧，而祭坛的侍应男孩们摇铃，燃香的轻烟升起，但是内容从中消失，就像气球里面的气跑光了一样，弥撒失散在可怕的阳痿之中……蔫蔫地耷拉着……没有创造生命的力量！劫夺内容的行为是谋杀，这样的谋杀是在周边、在我们的外面、在弥撒的外面完成的，是从侧面观看的某人用无声却恶毒致命的评论完成的。弥撒本身也不能预防，因为这是随着某种艰深难测的揭示到来的，这个教堂里，任何人都不反对弥撒，就连恭恭敬敬伴随弥撒的弗雷德里克也……如果我们说是他扼杀了弥撒，那也是从反面进行的。而这个侧面的评论，这条杀人的舌头，是残酷的器物——是尖锐而无情的冰冷器物，刺穿一切……于是我明白了，把这个人带进教堂是纯粹的疯狂举动，为了上帝，应该把他隔离在远远的地方！对于他来说，教堂应该是最可怕的地方！

但是，事情已经发生。已经展开的过程正在进入现实……首先，这是拯救剩下的废墟，因此什么也不能够挽救这些粗陋又腐臭的嘴脸，被剥离了一切神圣风格，像腐烂杂碎一样按原样拿出来的嘴脸。这已经不是"人"，不是"农民"，甚至不是"芸芸众生"，而是这样的造物……就是这样的……就连他们的自然污秽也得不到恩典。但是，适合这个亚麻色头发的多头怪兽那野蛮的无政府主义心态的乃是我们脸上露出的狂妄无耻；我们的脸面不再是"有尊严的""有文化的"或者"优雅的"，变成了鲜明地类似于我们的东西——变成了漫画，没有原型的漫画，不是对于"某物"的滑稽造型，而就是它自身，一无遮拦，像一个大光腚！绅士和粗汉双方怪异的大爆发出现在神甫的姿势中，他是在宣扬……什么？什么？没有什么。但这不是全部的……

教堂不再是教堂。某种空间侵入，但是这空间是宇宙的、黑暗的，这样的事甚至没有出现在大地上，地球反而变形为悬挂在宇宙当中的一颗行星，宇宙就显现在这里，这样的事发生在宇宙的某个地点。在遥远的地方，所以蜡烛的光线，甚至穿过污浊窗玻璃的白昼光明，都变得像黑夜。所以，我们已经不是在教堂里，不是在这个村子里，不是在大地上，而是——根据实际情形，是的，根据实情——我们是在宇宙之中，带着我们的蜡烛和亮光悬浮着，在这儿，在浩大空间之中，我们自己、我们互相之间做些奇奇怪怪的事情，就像猴子在真空中做出歪七扭八的鬼脸一样。这是我们特别的相互嬉闹，在一个星系里，人在黑暗中的挑战，在深渊中完成奇怪的动作，在外层空间中龇牙咧嘴做鬼脸。伴随我们沉入空间的是具体事物可怕的强化；我们虽然在宇宙空间，但是我们又酷似某种人们极端熟悉的东西，全部的细节都得到描写。举扬圣饼仪式的铃声响了。弗雷德里克下跪。

　　这一次的下跪效果剧烈，就像宰一只母鸡似的，弥撒受到致命的打击，却还继续着，语焉不详，像疯子说话似的。真是……大胜利！战胜了这个弥撒！多值得骄傲啊！似乎取消弥撒是我盼望的某种终极之点：只是我自己，我一个人，身后没有人，什么也没有，我自己在绝对的黑暗中……就这样，我到达了我的极点，走到了黑暗！苦涩的终点，到达的苦涩味道和苦涩的终点线！然而，这是值得骄傲的，令人迷醉的，标识着艰深而又坚定的成熟，独立自主。但是，这也是残酷的，而且，因为失去了全部的反抗力量，我觉得自己陷入一个恶魔的双手，我可能会对自己为所欲为、为所欲为、为所欲为！傲慢造成的迟钝。终极性的严寒。严酷与空虚。那又怎么样？礼拜仪式快结束了，我迷迷糊糊地看看四周，我很疲倦，唉，得出去了，回家，到波乌尔纳去，还得走那条沙土路……可是不知怎么我的视力……我的眼睛……

眼睛感到惊惧和沉重。是的，有什么东西诱惑了……眼睛……说的就是眼睛啊。被封闭、受到了诱惑——是的。但是，到底是什么？什么诱惑了、迷住了我？是某种奇迹，梦中被笼罩起来的地方，我们想要得到却无法识别的地方，只好在周围盘桓，呼叫却发不出声音，怀着一种喜悦和迷醉的思念之情，吞噬一切，令人心碎。

我就这样在周围转，又担心，又犹豫……但是已经舒适地感受到了柔和的屈从；这一感觉捕获——迷惑——引诱——俘虏和征服了我——它用尽诡计——所以宇宙这一夜的严寒和呈献福祉的源泉之间的对照是不可度量的，所以我在冥冥中想到，这是上帝和奇迹！上帝和奇迹！

但是，这又是什么呢？

这是……一个脸蛋的一部分，脖子的一部分……属于站在我们前面人群里几步远地方的一个人……

哟，我差不多都给噎住了！这是……

（一个男孩）

（一个男孩）

得知这是（一个男孩）之后，我开始从狂喜状态中退却。因为我几乎看不见他，只瞥见一点皮肤——脖子和脸蛋的一点皮肤。这个时候他突然转动，他这个转动虽然微小，却深深触动了我，这是一个超凡绝伦的引人入胜之物！

的确是（一个男孩）。

也只不过是（一个男孩）。

真是令人羞愧！一个十六岁男孩的脖子，剪短的头发，（男孩）普通的皮肤，有点发干，头（有孩子气）的姿势——再平常不过——真不知道我内心的震撼从何而来。嗯……现在我看清了他鼻子的轮廓和嘴，因为他的脸略微向左转过来——没有什么特别的啊，在这样的倾斜中，我看到了（男孩）普通的、倾斜着的脸——一张平平常常的脸啊！他不是农家子弟。是学生吗？学徒？一张（年轻人的）脸，没有受到过欺辱，有点任性，友好，那种用牙齿咬铅笔的，或者踢足球，打台球，外套领子高过衬衣衣领，脖子受到阳光照射过。可是我的心跳加速。这个男孩显现出一股神性，在这无限的黑夜空虚之中，非常迷人，引人入胜，成为某种有生气的温暖和光明的源泉。这是恩典。无法测度的奇迹：为什么这样的无足轻重之物变得重大了呢？

弗雷德里克呢？弗雷德里克看见了吗，知道吗，是不是也看在眼里了呢？……但是很快人们都开始挪动，因为弥撒结束，大家缓慢地向出口移动。我在众人当中。海妮亚在我前面，她的后背和她一个中学生的脖子都让我倾心，一倾心，就被强烈俘获——而且还把我和另一个脖子联系了起来……我立即轻快地、毫不费力地领悟到：这个脖子和那个脖子。这两个脖子。这两个脖子是……

怎么会这样？这是怎么回事？这好像是她的（女孩的）脖子奔跑出去和那个（男孩的）脖子会合了，这个脖子作为脖子被那个脖子抓住，而且是抓住了脖子！这些隐喻笨拙，恭请原谅。这样说，我感到有点不自在——以后我还要解释一下为什么（男孩）和（女孩）这两个词我要放在括号里面，是的，等以后解释吧。他们在我前面的人群中费力拥挤地挪动，她的动作以某种方式和他"关联"起来，是对于他近在眼前，在这儿、这儿，在拥挤人群中挪动的热切向往，某种窃窃私语。是真的吗？不是幻觉吗？但是，突然之间，我瞧见她垂在身侧的一只手被人群挤进了她的躯体，在都被挤成一团的躯体密林中，她被挤进去的这只胳膊亲密地投入他的双手。当然，她身上全部的一切，都是"给他"的！而他在那里和大家继续走，很平静，但是也还是向她靠近，受到她的招引。这是互不关照的、视而不见的、和众人一起平静的行走，这样冷清的恋爱关系、冷清的欲望！啊！有原因的！——现在我看到了他身上的秘密，这个秘密从第一个时刻就令我着魔。

我们走出教堂，来到洒满阳光的小广场，人群逐渐散去，但是他们——他和她——以纯真的本来面貌出现在我的眼前。她穿一件浅色的外衣，配有白色细领子，还穿了海军蓝的裙子，站在旁边，等着父母亲，把祷告用小书啪的一声合上。他……走到墙根，踮着脚观望对面——我不知道为什么。他们互相认识吗？不过，虽然两个人彼此分开着，但他们炽热的亲密心理却更加显眼：他们到这儿来是为了对方。我眯缝起眼睛——小广场上看着又白又绿又蓝，还又温暖——所以我眯缝起眼睛。他是为了她，她是为了他，即使彼此离得很远，互相并不感兴趣——这一点也是十分强烈，以至他的嘴不仅和她的嘴相配，而且和她整个的肉体相配——而她的肉体是和他的双腿相配的。

我担心，在这最后的一个句子里，我把话说得有点过分……应该平心静气地说，这是一个互相选择的特例……虽然可能不仅仅是在性方面的选择吧？有时候，我们看到一对情侣，就说：瞧，真是般配——但是，在这个事例中，如果我可以这样说的话，选择是更热诚的，因为还不是足岁的……我真的不知道是不是明确……但是十几岁少年的这种感性闪烁出更高层次本性的真诚，也就是说，他和她彼此是对方的幸福，彼此都是珍贵的和最重要的！而在这个小广场上，在阳光下，我却犯起迷糊、犯起傻气，我就明白不了，也想不清楚，他俩怎么互相不注意，不往一块奔跑！她躲着他，他躲着她。

礼拜日，农村，慵懒欲睡，谁都不赶忙，三五成群凑在一起，玛丽亚夫人用指尖触摸一下自己的脸，好像是检查脸色——希波利特正在和伊坎的官员谈定额的事——弗雷德里克站在旁边，一副殷勤的样子，手插在外套衣兜里，一位客人……这样的一个场景扫清了不久以前的黑暗深渊，这个深渊里突如其来地出现过炽热的小火……只有一件事令我不安：弗雷德里克到底注意到了这个情况没有啊？他知道不知道啊？

弗雷德里克吗？

希波利特问管家：

"土豆呢？我们怎么办？"

"给他们五十公斤。"

这个（男孩）走到我们面前。"我儿子卡罗尔。"管家说着把儿子推向弗雷德里克，弗雷德里克向他伸出手来。卡罗尔向所有的人行礼。海妮亚对母亲说：

"看！卡威茨卡病好啦！"

"怎么样，去看看教区神甫吧？"希波利特问，却马上又嘀咕，"为什么去呢？"接着就大喊："走啦，先生们女士们，回家吧！"我们都上了马车，卡罗尔跟着我们（是怎么回事？），坐在车夫旁边，车出发了，现在道沟里的橡胶轱辘发出沉闷的呻吟声，沙土马路上飘着抖动而懒散的小风，一只绿头苍蝇在盘旋——我们爬上山之后，呈现长方形的田地，远处是火车站，旁边就是森林。我们继续往前走。弗雷德里克坐在海妮亚身旁，弗雷德里克挺着身子，躲避这个地区特有的略带蓝色的黄色浮尘——他解释说，这浮尘来自空气中的黄土细粉。我们往前走呢。

三

　　马车出发。卡罗尔坐在车夫座位上，车夫坐在他旁边。她在前面的一排座位上——在她有点小的头部已经看不见的地方，他的身子开始，好像是摆在更高的一层上似的，他的后背对着我们，只见细弱的轮廓，却不清晰——风吹鼓了他的衣衫——这是她的脸部和他的背部之结合，她有视力的脸对他没有视力的后背的补充，给我留下黑暗的、热乎乎的二元印象……他们俩都不特别出众——无论是他，还是她——只是全然适合于他们的年龄——但是他们是在自己封闭的圈子之内，那种美只在相互的欲求和欣喜中——那是任何其他人没有权利参与的某种因素。他们俩彼此都是为了对方——这是他们之间的关系。尤其是他们都还这样（年轻）。所以我不应该瞧他们，我也努力要做到非礼勿视，但是，前面坐着这个弗雷德里克，就坐在她旁边的座位上，因此我又不由地纠缠着问自己：他知道吗？看见了吗？我还潜伏着等着捕获哪怕他的一瞥，貌似冷漠而实际上却是溜过去的贪婪探视的一瞥。

其他的人呢？其他的人知道什么？很难相信，这样显眼的事能够瞒过这小姑娘的父母——午餐后，我和希波利特去察看奶牛的时候，和他谈到卡罗尔。但是我难以开口问起（男孩的事），他诱惑得我这样的兴奋，真是令我感到羞耻，至于希波利特嘛，他还可能认为这样的情况不值得注意呢。是啊，卡罗尔是个不错的小伙子，管家的儿子，参加了地下活动，他们曾经派他去卢布林，他在那儿做了点傻事……咦咦咦，就是那种蠢事，他偷了点东西，对着人开枪，打了一个同学，或者他的指挥官什么的，鬼才知道，无聊的事嘛，后来他从那儿滚回家来，这小兔崽子跟他爸作对，动手打起来了，所以我把他接来——他懂得机器，所以家里老是有不少人，以防万一……"以防万一"，他欣赏这句话，重复说，用皮靴尖头踢土块。接着他就说别的事了。是不是十六岁小兔崽子的传记对于他没有相应的重量呢？还是因为没有别的办法，只能够不理睬赖小子们这些胡闹，让他们的胡闹不至于变得太麻烦。只是开枪了呢，还是开枪打死人了？——我心里想。如果开枪打死了人，那倒可以以他的年龄辩解，因为这样的年龄能够把一切都涂抹掉——我问他是不是认识海妮亚很久了。"从小时候。"他回答。说着拍了一下母牛臀部，说："荷兰种！产奶量高！病了，真麻烦！"我打听出来的就是这些。可以看出来，他和他的妻子，都没有什么察觉——没有，至少没有什么足以引起他们做父母的特有的警觉。这怎么可能呢？我心里想，如果年龄再大一点——不是不懂事的少年这样——不太是半大的男生和女生这样……但是事情就是这样因为年龄小而没人注意。

弗雷德里克呢？弗雷德里克注意到了什么呢？在教堂的礼拜之后，在这样的屠宰、扼杀了弥撒之后，我必须知道，他是不是知道有关他俩的事——我容忍不了他说他不知道！这太可怕了，我无论如何不能够把这两种精神状态结合起来——一方面是黑色的，来自弗雷德里克，另一方面来自他们，是纯粹的热情——这两者是分开的，没有接触的！如果他们之间没有发生什么事，弗雷德里克能够注意到什么事情呢？……我觉得奇怪而荒诞，怎么他俩的表现就好像他们之间没有互相引诱似的！我等他们互相表白，算是白等了！他俩彼此的冷漠根本就不可相信嘛！吃饭的时候，我观察了卡罗尔。一个小孩子，小混混。讨人喜欢的杀人犯。笑容可掬的奴隶。年轻的士兵。坚强里透着温柔。残酷，甚至血腥地说笑。这个孩子，满脸笑容，或者不如说，一脸微笑，却已经被成年人推着去"抵御车轮"——却显出少年人因过早和成年人混在一起的那种严肃和沉稳，他被卷入了战争，受到军队的培育——在他往面包上抹黄油的时候，在他吃东西的时候，都流露出饥饿教给他的那种明显又特殊的节制。他的声音有时候变得沉重、均衡。有点像黑铁似的。令人想到一根皮带和一棵刚刚放倒的大树。第一眼看去，完全是平常而又安静。友好、听话，却又是热情的。他受到了儿童气质和成人气质二者的揪扯（这一点使得他同时既天真无邪又经验丰富），但是又既不是儿童，也不是成人，而属于第三类，就是说，是少年，有内在的暴力倾向，导致他残酷无情、施用强力，却又命令他服从、接受奴役和屈辱。他谦恭，因为年轻。他自卑，因为年轻。他感性，因为年轻。注重肉体，因为年轻。有破坏倾向，因为年轻。就因为年轻，所以受到藐视。而最让人感兴趣的是他的微笑，他具有的这个最灿烂的特征，正好把他和谦卑连结起来，却又因而不得自卫，因为他时时都要微笑而解除了武装。因而，这一切都投射到了海妮亚身上，像都撒在一只小母狗身上似的，他要对她出火，这还不是"爱情"，只不过是发生在他这样水平的年轻人身上某种粗暴屈辱他人的做法——是品位低下的"少年"
爱情。但是，同时，这又不是什么爱情——实际上，他待她
就像是一个"从小时候"认识的姑娘，他们之间的谈话是自
由的，互相信赖的。"你的手怎么了？""开罐头的时候碰伤
了。""罗布莱茨基现在在华沙呢，你知道吗？"其他的没有
了，连看一眼都没有，什么都没有，就这些——以此为根
据，有谁能够评论说他们有一丁点的桃色事件呢？至于她
嘛，在他的逼迫之下（姑且这样表述）和他的威压之下，事
先就被他强奸（姑且这样表述），却丝毫没有丧失贞洁，甚
至在他不成熟少年的拥抱之中反而强化了她的贞洁，但是，
在他不成熟的男人蛮横强力的黑暗中，她还是和他交合了。
也许不应该说她"懂得男人的滋味"（这是说到放荡女孩时
说的话），而只是说"她知道男孩"——这样的话更纯真，
却也更浪荡。他们吃面条的时候，显得就是这样。可是吃面
条的时候，就像从小时候就认识的一对夫妇，相互早已经习
惯，甚至因为熟悉而感到腻烦。那又怎么样呢？我是否能够
期待，弗雷德里克从中看到什么，或者，这不过是我令人难
堪的幻想而已？一天快过完了。天已向晚。晚餐时间到了。
大家又都聚会在餐桌旁边，唯一的汽油灯光线昏暗，百叶窗

关闭，门前布置了障碍物，大家吃了酸牛奶和土豆，玛丽亚夫人用手指尖触摸餐巾的边缘，希波利特的胖脸钻进油灯灯光区里面来。一片寂静——而保护我们的高墙外面，菜园开始充满不熟悉的沙沙声响和风声，远处是因为战争而荒芜了的田地——谈话中止，大家望着油灯，一个蛾子围着油灯盘旋。卡罗尔坐在很昏黑的角落里，正在拆开和清洗牛棚里的一盏灯。海妮亚弯腰，用牙齿咬断棉线，因为她正在缝制一件衣服——这突然的弯腰和咬牙的动作足够让坐在角落里的卡罗尔发热、发狂了，但是他无动于衷。而她呢，放下了衣裳，把一只手放在桌子上，放在明处，很显眼的，这只手在各方面都无可指摘，中学生的手，她还是父母的宝贝儿呢，同时，是一只没有戴手套的手，赤裸的手，完全赤裸，这不只是一只手的赤裸，还是裙子底下露出来的膝部的赤裸……而且脚也是赤裸的……她凭着中学生的这勾引人的手正在撩逗他，凭"蠢笨少年的"（很难找到其他的说法）但是又粗鲁的方法撩逗。伴随着粗鲁的是轻细的美妙歌声，这歌声在他俩身上某处或者在他们周围闪烁。卡罗尔在清理那盏灯。她坐着。弗雷德里克把小面包球排列起来。

露台的门外堆满障碍物——百叶窗加设了铁条，我们围桌坐着，伴随灯光感受到舒适，因外面不受制约的旷野带来的威胁而强化——各种物品，钟表、衣柜、书架，似乎都有了自己的生命——在这儿的寂静和温暖中，他们早熟的肉感也正在加强，因为本能和夜色而膨胀，创造出自己的兴奋的气氛，自己封闭的圈子。看起来，他们想要诱引在荒野里驰骋的外在的喧嚣的黑暗，需要它……虽然他们都很安静，甚至昏昏欲睡。弗雷德里克在没有喝完的一杯茶的托碟上慢慢掐灭香烟，掐得很慢，慢条斯理地，但是谷仓的狗忽然汪汪叫起来——这时候他的手才一下子把烟头掐灭。玛丽亚用一只手修长的手指盖住另一只手细长而优雅的手指，就好像捧起一片秋叶，就好像要闻一朵凋谢的鲜花似的，海妮亚动了一下……卡罗尔正好也动了一下……这个动作把他俩联系了起来，又继续发展，在不知不觉中奔放，而她雪白的膝盖把（男孩）抛弃到了角落里一动不动的昏黑、昏黑、昏黑的膝盖上。希波利特红褐色的手爪子布满了肉，把人带回到了大洪水之前；这两只手爪子也放在桌布上，这样的一双手。他自己也只好容忍了，因为是自己的手爪子啊。

"大家该睡觉了吧。"他打一个哈欠。又喃喃地说："大家该睡觉了吧。"

"不行啊，这实在是不可容忍！什么、什么都没有！只有我向他们抛出去的色欲！还有我对他们无底洞一样的愚蠢感到的愤怒——这个小子蠢得像一头小驴，丫头蠢得像一只笨鹅！——因为只有愚蠢才能解释，这里是一无所有、一无所有、一无所有！……唉，他俩要是再大几岁就好啦！"

但是，卡罗尔坐在角落里，对着那盏灯，长了半大小子的两只手和两只脚——除了那盏灯，就没有别的事干，他心思都在这盏灯上，一直在拧小螺丝钉——如果说这个角落是他们渴望和珍爱的，那儿——在这个还没有发育完全的上帝身上隐藏着最大的幸福，那又如何？……他还在拧螺丝钉。而海妮亚，坐在桌子旁边打瞌睡，双手酸软……没什么！怎么可能呢？这个弗雷德里克，弗雷德里克，这件事，弗雷德里克知道什么情况呢，他掐灭了香烟，玩面包球，干什么呢？弗雷德里克，弗雷德里克，弗雷德里克！弗雷德里克坐在这儿，在桌子旁边，在这座房子里，在这夜晚的田野里，在这激情的旋风之中！他这张脸就是一个大挑战，因为他这张脸首先是要对付挑战啊！弗雷德里克！

海妮亚眼皮都粘在一起了。她说了声再见。卡罗尔马上也站起来，把螺丝钉都用厚纸包起来，上楼回到自己的房间。

于是我瞧着这盏灯和昆虫打圈子的王国，小心翼翼地说：“多么好的一对啊！”

没有人接应。玛丽亚夫人手指碰了一下餐巾，说：“上帝愿意的话，海妮亚随时可以订婚。”

弗雷德里克一直不停地排列面包球，同时开口表示礼貌和关切。

“是吗？和邻居的什么人吧？”

“是啊……邻居。卢达镇的瓦茨拉夫·帕什科夫斯基。常到我们这儿来。一位十分体面的先生。十分体面。”她的手指头直颤抖。

“是律师，提醒你，”希波利特活跃起来，“战争开始之前本来要开一家律师事务所的……能干的青年人，很认真，脑筋好，爱学习！他母亲是个寡妇，在卢达当家，一流的庄园，好地三顷六，离这儿五公里远。”

“一个有圣徒品格的女人。”

“她是波兰东南部的人，娘家姓特舍舍夫斯卡，跟格乌霍夫斯基家是亲戚。”

“海妮亚有点太小……可是找比他更好的对象太难。他是一个有责任心的男人，有本事，看书多，一流的人才，等他到这儿来的时候，大家不妨跟他谈一谈。”

“不同于一般人，有思想。高尚、正派。道德高尚、纯洁。像他母亲。出类拔萃的母亲，具有深厚的信仰，几乎是神圣的，坚守天主教的原则。卢达是所有人的道德支柱。”

“至少没有地痞流氓之类的。什么都是实实在在的。”

“至少都知道把女儿许配给什么人。”

“感谢上帝啊!”

“该怎办就怎办。海妮亚一定找到好婆家。该咋办就咋办。”希波利特自言自语，突然变得深思起来。

四

这一夜过得不知不觉的,很平静。幸而我有单独的一间卧室,不必忍受弗雷德里克睡觉的……打开的百叶窗展现出晴朗的一天,淡蓝色、布满露珠的花园上方有小块的云彩,低低的太阳从侧面射进光线,一切都被斜拉成为几何形的、拉长的形状——拉长的马匹、锥形的树木!好玩啊!好玩又有意思!平地向上升起,垂直的变成了斜的!在这样一个早晨,我还因为昨天的激动、那种火热和激荡而发热和几乎发病——因为必须明白,这个情况是偶然降临到了我身上的——在许多污秽、压抑、羸弱、灰色、被疯狂地歪曲的年代之后。在这些年份里,我几乎完全忘记什么是美。在这些年份里,只有尸体的气味。现在,在我面前,突然呈现出春季里可能享有的暖烘烘的五彩缤纷的田园景色——而我和这样的景色已经告别——厌世的情绪让位给了对这两个少男少女的奇妙情趣。我已经不再需要别的东西!痛苦也令我厌腻。我,一个波兰作家,贡布罗维奇,对着这错误的火光,像对着一个迷幻物一样，奔跑过——但是，弗雷德里克知道了什么呢？他知不知道呢，知道了什么，他想些什么，他想象出来了什么，必须探听清楚，这个需要变成了对人的折磨，我再也不能没有他，或者可以说得跟他在一起，但是又不了解他！问问他吧？怎么问呢？这话该怎么说呢？还不如不理睬他，等着瞧——说不定哪一天他一兴奋，自己就泄露天机……

机会来了：下午茶之后，我和他坐在露台上——我开始打哈欠，说，我得去睡一会儿，但是我走开以后，就藏在客厅的幕布后面了。这个做法要求……不，不是勇气……而是大胆……因为有挑战的意味——他本人就有许多类似挑战的特征，所以这是某种"对挑战者的挑战"。从我这方面看，藏在幕布后面成了我和他相处的第一个明显的龃龉，是我们两个人之间不安定时期的开始。

还有，无论我有多少次在他干别的事的时候瞧他，他都不看一眼回应，所以我觉得我做了某种下流的事——因为他变得下流了。不管怎么说，我是藏在幕布后面了。我把他留在椅子上，他坐着，坐了相当长的一段时间，伸出了两条腿。呆呆地望着那几棵树。

他扭动一下身子，站了起来。开始在院子里慢慢散步绕了三圈……然后才走进分开菜园和公园的两排树木中间的通道。我在他身后远处跟踪，不让他从目光里跑掉。我觉得自己算是跟定他了。

因为海妮亚在菜园里，土豆地旁边——他是不是就向那儿走呢？没有。他拐进了侧旁一条通往水池的小路，站在水边观望，一副客人或游客的姿态……所以，他的散步就仅仅是散步——我已经准备离开，心里想，我幻想出来的一切，都只不过是我的海市蜃楼而已（因为我觉得，这个人对这件事应该有特别的嗅觉，如果这件事都闻不出来，那他就没有这个嗅觉）——这时候忽然看见他向那两排树木走去。我跟着他走。

他缓慢迈步，时时停步，观看灌木，若有所思，他那显出精明的侧影俯瞰树叶，却并不专注。花园里很宁静。我的疑团正在被驱散，但是有一个疑点毒性很大：他竟在对自己装模作样。他在这个园子里徘徊的时间太长了。

我没有弄错。他又向各个方向探望了两次——走到花园深处——走了一段路，站住，打了个哈欠——瞧了瞧四周……而她，距离他一百步远，正坐在地窖前面麦秆堆上清理土豆呢！跨在一个口袋上。他迅速地对她递眼色。

他伸了一个懒腰。嘿，这真是难以置信啊！明明是一场假面舞会嘛！是冲着谁来的呀？为什么？这份细心谨慎……好像不允许自己充分参与自己正在干的事情似的！但是可以看出来，他全部的活动都是对准了她的，对准了她！哎嗨……现在他继续走向住宅，可是，不对，他走到田地里去了，越走越远，越远，走走停停，看看周围，装出散步的样子……可是，他兜了一个巨大的圈子，目的却是谷仓，已经可以肯定，他正在往谷仓走去。一见到这个动向，我急忙奔跑穿过灌木丛，占据一个棚子后面的观察点，在我奔跑的时候，用木棍拨弄水沟上湿漉漉的杂草，发出窸窸窣窣的声响（有人往这水沟里扔死猫，这儿还有蛤蟆蹦来跳去的），这时候我忽然明白了，连这草丛和水沟也成了我们这个侦探故事的道具。我从棚子后面跑了出来。他正站在一辆大车后面，有人正往大车里铲粪土呢。很快，马拉走了大车，他正好站在卡罗尔对面；卡罗尔站在谷仓另外一面，车棚旁边，正在察看一根铁条。

这个时候，他露相了。马车一走，显露出他来，他忍受不了他和他的对象物之间没有遮拦的空间——他没有停息止步，而是窜过去躲在篱笆后面，不让卡罗尔发现他——他悄悄地站着，呼哧带喘的。可是，这猛烈的动作却揭露了他，所以，他在受到惊吓之余，跑到大路上回家来了，跟我正好面对面相遇。只好直线相向而行。

没有闪烁其词的余地。我在现场抓住了他，他也抓住了我。他看见了跟踪他的人。我跟他是在相互追捕，我得承认，我感到很不舒服，因为我和他之间出现了根本性的变化。我知道他知道我知道他知道——这个想法一直在脑子里翻滚。我和他之间还有不短的一段距离，他就打招呼：

"啊，维托尔德先生，你是出来呼吸点新鲜空气吧?"

他说话跟演戏似的——"啊，维托尔德先生"这一句在他的嘴里尤其虚假勉强，他从来就没有这样称呼过我。我含含糊糊回答：

"可不是嘛……"

他拉住我的胳膊——他从来没有这样的举动——然后说出最客套的话。

"多美好的傍晚，草木多么芬芳！也许可以一起愉快地散散步吧?"

因为他的语调有感染力，我也同样拿出小步舞曲般的客气劲答复：

"当然，当然，不胜荣幸之至，倍感欣喜!"我们往住宅方向走。可是，这一段的行程已经与众不同……好像是我们以一种新的轮回再生的形象进入了花园，礼仪周全，几乎还配有音乐……我渐渐怀疑自己落入了他建议的这个圈套。他和我之间出了什么事？我第一次感觉他刁滑，而且直接威胁了我。虽然他亲切地扶着我的胳膊，但是他的亲近是玩世不恭又冷冰冰的。我们走过了住宅（目睹日落带来的"全副的明暗幅度"他不断地赞赏有加），我注意到，我们是抄近走了最短的路，穿过草地，向她走去……向这个姑娘……公园撒满五颜六色的光点，像是一束鲜花，和闪亮的灯，灯光又被树冠丰茂、枝叶闪亮的枞树和松树遮蔽。我们向她走去。她坐在一个大口袋上，拿着一把小刀。弗雷德里克问道：

"没有打搅你吧?"

"哪儿的话啊。土豆的活儿，我已经干完了。"

他鞠了一个躬，客客气气地高声说：

"既然这样，我们可不可以请求这位姑娘陪我们散步、随便走一走呢?"

她站了起来。解下了围裙。她这顺从的态度……也许不过是一种礼貌吧。这仅仅是平常的散步邀请，语调是夸张的、老式的……但是……但是在接近她、亲近她的姿态中，我看有有失体面之处，大概可以这样表述："把她带走，跟她有事要做"，或者"她跟他去，让他跟她有事要做"。

我们走最近的路，穿过草地，走向谷仓，她问："去看看马，好吗?"……他的目的，他不为人知的意向，是越过分枝多的林荫路、小径、树木和花坛。他没有回答——他不解释，却带她到某个地方去，这个做法真是再次让人起疑。人家还是个孩子……才十六岁……但是，谷仓已经在我们的面前，黑黑的，地面倾斜旁边有马厩和谷仓，篱笆上有一排枫树，水井周围竖起几根大车车辕……孩子，还是孩子……但是，在车棚附近，还有另外一个孩子，他正和车匠说话，手里拿着一个铁制零件，旁边有大堆的木板、铁条和木片，近处有装满了大口袋的大车，飘来谷糠的气味。我们走近。沿着有坡的黑色倾斜地面。到了那个地点，我们三个人都站住了。

太阳西沉，却出现了一种特殊的景色，明亮却又昏暗——在这样的景色中，树干、屋顶的拐角、篱笆上的窟窿都变得冷清而显眼，每一个细部都清晰起来。谷仓院子黑褐色的地面一直延展到那些棚子脚下。卡罗尔正和车匠谈话，缓慢地，乡下人的方式，手里拿着一个铁车轮，靠着支撑车棚的一根柱子；他没有中止谈话，仅仅看了看我们。我们和海妮亚站着，片刻之间，这次会见的意义就显得不过是我们把她送到他这儿来了——尤其是因为我们谁都没有打招呼。更突出的是，海妮亚连一句话也没说……她的沉闷令人难堪。他放下了铁轮子，走过来，但是看不太清楚是向谁走过来——向着我们呢，还是向着海妮亚——这就在他身上制造出某种二重人格、某种呆板，有一会儿的时间，他显得糊涂了——但是接着就随意地站在我们旁边，甚至很愉快、显出青年人的朝气。可是我们总体的呆板造成的沉闷又延续了几秒钟……这足以让这压倒性的、压抑的绝望、悲哀，让命运、定数的全部怀旧情感盘旋在他们头上，就像在沉重的、飘忽不定的梦境之中……

苦涩、思念、单薄身躯的优美都呈现在我们面前——这一切如果不是来自他还不是成年男人这一事实、又来自何方？因为我们给他送来海妮亚，等于是把一个女人送给一个男人啊，但是他，还没有，他还没有成为男人……还不是成年的汉子。不是当家人。不是掌权的。他还不能拥有什么东西，还没享有的权利，他还是伺候别人、听命于他人的人——他的单薄和温顺在这儿突然膨胀起来：在这个谷仓里、在木板和铁条旁边，而她对他的回应也是一样：单薄和温顺。他们立即结合，但不是像男人和女人那样地结合，而是在别的方面，在献给不可知的摩洛神的祭献之中，他们还不能够互相拥有，仅仅能够奉献自己——他俩之间性的匹配遭到错位，乃是为了另外某种匹配，是为了某种残酷得多、可能又是美丽得多的事物。我要重复说，这个情况只出现在几秒钟之内。而实际上什么也没有发生：我们简单地站在那儿。弗雷德里克用手指头指着卡罗尔有点太长、沾了污泥点的裤子，说：

"应该把裤腿卷起来。"

"对。"卡罗尔说。弯下身去。

弗雷德里克赶紧说：

"等等。等一下。"

可以看出来，要把话说出来，他觉得不容易。于是他侧身对着他俩，望着前面，用沙哑的声音但是很清楚地说：

"不，等等。让她给你卷。"

又重复："让她给你卷。"

这很无耻——这是干涉人家两个人的关系——等于承认要从他俩那儿取得某种兴奋感觉，你们干吧，这件事我感觉有意思，我想看到……把他俩拉进我们的欲望、我们对他们的幻想的范围之内。他俩的沉默延续了一秒钟。我等待着站在身旁的这个弗雷德里克霸道行径的结果。结果很顺利、很顺服、很容易，"容易"得几乎令人昏眩，就像平直的路面上无声无息地突然出现的一个深渊。

她什么也没说。只是弯下腰，卷起他的裤腿，而他则是一动也不动；他俩的躯体绝对地平静。

谷仓院子光光的地面凸显出了矗立起来的大车车辙、破裂的木盆、刚刚修葺过的谷仓在一圈褐色的土地和木料中间像一个烂泥点子似的。

弗雷德里克接着招呼说："走啦！"我们向住宅走去——他、海妮亚和我。显得很突然和公开。因为踏上归程，我们到车棚的访问就显出目的何在了——我们到这儿来，是为了让她给他卷起裤腿；现在我们回来了——弗雷德里克、我和她。住宅出现在眼前，两排窗户，下面一排，上面一排——露台。我们迈步行走，都不说话。

身后传来有人在草地上奔跑的声音，卡罗尔赶上了我们，加入我们这一伙……他的步子还很快，但是片刻之后就和我们步伐一致——在旁边和我们一起走。他跑步加入我们的行列，充满热情和欣喜——是啊，他喜欢我们的游戏啊，找我们来了——但是他从跑步转入归程的沉默，这就表示，他懂得必须谨慎行事。周围的活动都在减慢，因为夜晚正在降临。我们进入苍茫的黄昏——弗雷德里克、我、海妮亚、卡罗尔——像是一个奇异的、情色的组合，某种神秘而性感的四重奏。

五

"怎么会这样呢?"躺在草地上铺的毯子上,我思索,地面的凉气飘到了脸上。这是怎么回事呢?她真的给他卷起了裤腿吗?她照办了,因为她能够照办,肯定的,没有什么了不起的,平平常常的效劳……但是她明白她做的事。她知道这是为了弗雷德里克——为了让他高兴——所以她同意了,让他对自己满意……对她,但是不仅仅是对她……还对他,对卡罗尔……嘿,就是啊!当时她就意识到了,他们两个人能够一起挑逗、诱惑……至少弗雷德里克……而且,卡罗尔也知道,因为他参加了这场表演……但是,在这个事情上,他们不像看起来那样天真!他们意识到了自己的魅力!虽然从其他方面看,他们还少不更事,也是可能意识到了的,因为正是在这儿,少年比成年懂得更多,他们在日常经历的自然感受方面都是专家,在自己少年肉体、少年热血方面都颇有表达技巧。在这样的情况下,在和自己有直接关系的方面为什么还会像儿童一样呢?天真烂漫吗?可是对着第三个人怎么不天真烂漫呢？而且，对着第三个人，是这样用心细致啊！而最让我感到不安的是，这第三个人不是别人，正是弗雷德里克，一个小心翼翼、有节制的人！可是，就是在这儿，开始了横穿公园的进军，就像听从号召、就像开始行动一样——带着一个小姑娘向一个小小子的进军！这是怎么回事？可能是怎么回事？是不是都是我引起来的呀——我跟踪了他，把他的秘密欲望拉到光天化日之下，他的秘密让大家都看到了——现在，他野兽般的秘密欲望被放出了笼子，和我的野兽联合在一起，要兴风作浪了！眼下的局面正是，我们这四个人成了事实上的共谋，却保持沉默，这是一件不能言说的事，任什么样的解释都无法接受——耻辱感会扼死我们大家。

她和他的膝头，四个膝头，隔着裙子，隔着裤子（青年衣装）……下午，早先提到过的瓦茨拉夫来了。漂亮的男人！毫无疑问——身材高大、文质彬彬的男人！高鼻梁，但是优雅，鼻孔清秀，目光是橄榄色的，声音深沉，整齐的小胡子贴在嗅觉好的鼻子下面和充实的橘红色嘴唇上方。这是让女人喜欢的那种美男特征……女人注重形象的整体，却也注重对细节的贵族式的修整，例如配有修长手指的指甲要时时清理粗皮。有谁会怀疑他穿了黄色皮鞋、脚背高的均匀双足，还有形状端正、略显纤小的耳朵呢？他前额上方向后退去的细小秃点使得他显得更加聪明，所以引人注目，甚至令人愉快。他白皙的皮肤，是行吟诗人的那种白皙吧？当然，是一个出类拔萃的男人！令人欣喜的文艺保护人！优秀的律师！——从看见他的第一瞬间，我就觉得以全部的身心痛恨他；这种痛恨混合了蔑视，这是突如其来、猛烈却又意识到很不公正的痛恨——因为，归根结底，人家充满魅力又十分得体。而且，抓住细小的瑕疵不放，也是不正确、不公正的，比如，微微显现在脸蛋子上和手上、闪烁在肚子附近的肥肿和丰满——这也是经过了打理的啊。也许，让我厌烦的是他感官过度的、有些故作玄虚的品位培育，一张味觉特别挑剔的嘴，一个嗅觉特别灵敏的鼻子，精于触摸的手指头——但是，正是这一切，把他装备成了一个情郎！不能排除的一个情况是，因为他不善于露出裸体，所以他的肉体需要领子、袖口、手帕、礼帽——这个肉体得穿皮鞋，需要化妆室、裁缝师的功夫……但是，有谁知道，最令我讨厌的是，把某一些缺陷，例如开始扩大地盘的秃顶，或者他的衰弱，要化妆出文雅和风度的附加品。一个乡下人的体态是有巨大优点的，因为他不注意什么体态的事，所以结果呢，即使和审美趣味冲突，也不会惹人烦——但是，一个大男人关注自身打扮，挖掘、突出自身形体，不断地搅弄它，结果，每一个缺陷都会大大地亮出相来。我身上这股对于肉体的敏感到底是从何而来？这种可耻的、违心的偷窥癖从何而来，从阴暗角落里来的吗？

尽管如此，我还是必须承认，这位来客举止得体，甚至颇有风度。他不张扬，话不多，声音不太高。十分和蔼可亲。而和蔼、谦恭都来自他所受的完美教育，但也是根植于他剔除了浅薄浮躁的特质之中的；他的特质反映在目光里，似乎是在声称：敬人者，人恒敬之。他完全没有自我欣赏。他知道自己的缺点，肯定想要改变自己的现状——但是他以尽可能有教养和理智的方式保持自己的特征，保持尊严，可以看出，虽然在外貌上他很随和、细致，但是实际上他是坚定的，甚至是顽固的。他全部的肉体文化完全不是产生于软弱，而只是某种原则，而且大概是道德原则的表现，所以他把这一文化当作自己对于他人的义务，但是，这也表现出某种十分坚定的、十分明确的教养和风格。看来，他决心维护自己的价值观，例如细腻、温和、感知，而且历史越是反对这些价值观，他就越加尽力维护。他的来临在我们这个小天地里引发出了特殊的变化。希波利特好像回归了正轨，停止了喃喃自语和痛苦的思索，好像忽然得到了许可，从衣柜里拿出很久没有穿的服装，高高兴兴地穿上接受检阅——是一个说话直爽、欣悦好客的乡村绅士嘛，毫无保留的。——"有什么说的呀？伏特加暖心，伏特加凉爽，伏特加让大家人财两旺！"女主人虽然有着捉摸不定的重重忧虑，却也跳起舞来，前后左右上下展现手指的变化，摊开围巾，表示好客。

对于瓦茨拉夫表现出来的敬重态度，弗雷德里克报以最深厚的敬意；进门前在门外谦让，只有在对方微微伸手让路之时，才先迈步，而且似乎是在服从他的意志——这是凡尔赛宫的规矩啊。此后开始了真正的客套比赛，有趣的是，他们两个人都首先对自己而不是对对方是客套。从弗雷德里克道出的前几个字中，瓦茨拉夫就听明白了，他谈到了一个非同寻常的人，但是，瓦茨拉夫太在乎礼仪，不能说穿——然而，他给予弗雷德里克的敬重，却激发出了他对自己的敬重感，渴望自己备受景仰，对待自己呵护有加。弗雷德里克极其认真地接受了这一股贵族精神，开始露出十足的傲气——

他间或加入谈话，但是，似乎他的沉默对于所有的人来说，都是不应遭受到的厄运。于是，他对错谬的惧怕演变成为一种优越感和骄傲的依据！至于海妮亚（他这次来访的目标）和卡罗尔呢，却突然地摆脱了全部的高贵。她坐在窗户下的一把椅子上，变成了听话的小姑娘，卡罗尔像诚心帮助妹妹的哥哥，还时时偷着察看自己的双手是不是清洁。

下午茶太好了！点心和罐头水果摆在桌子上！享用完毕，大家到花园里去，花园里洒满阳光，一片宁静。年轻的一对，瓦茨拉夫和海妮亚，在我们前面走。我们这些老一点的，跟在后面，远一点，不能妨碍人家……希波利特和玛丽亚夫人有点激动，心情欢快，其次是我和弗雷德里克，他大谈特谈威尼斯。

瓦茨拉夫正在问她什么事情，又给她解释什么事，她的脸转过去对着他，专注而友善，手里摆弄着一茎草叶。

卡罗尔在旁边的草地上走，就像因为有人向妹妹献殷勤而感到无聊的哥哥似的，无事可做。

"这散步跟战前一样……"我对玛丽亚夫人说，她摆动几下纤巧的手。大家快走到水池了。

但是，卡罗尔的闲散开始显出力量来，开始加强，看得出来，他不知道该做什么，而他在控制因无聊而减缓的急切心情——同时，渐渐地，海妮亚对瓦茨拉夫说的话都开始变得是给卡罗尔听的，虽然她说的话我们听不见——她全部的存在又都和这个（男孩）联系起来，而且就在她的背后，跟随着她，因为她没有回头，所以她甚至不知道卡罗尔陪伴着我们。但是，她和瓦茨拉夫这已经差不多无异于未婚妻的谈话，随着跟在她后面走的（男孩）的影响，遭到了突如其来的贬损，她开始变得吞吞吐吐语焉不详。受到爱情鼓舞的律师拉弯一棵山楂树的枝条，让她能够亲自折断，在这一片刻她十分感激，甚至十分感动——但这不是针对瓦茨拉夫，而是针对卡罗尔的，就这样，这个做法突显头脑空空的少年，十六岁，愚蠢而轻浮，到处游荡……因此感觉变得迟钝，降低了感觉的重要程度，把它变成更不好，更低一等，在某处更低的层次上化为现实：在这里，她是十六岁少女，他是十七岁的小子，都有同样的不足之处，都同样少不更事。我们绕过水池上榛子树丛，望见一个老婆子。

　　这个老女人正在水池里洗衣服，看见我们，就站起来面对着我们，盯着瞧我们——这老婆子有一把年纪了，是个矮胖子，胸脯大，又丑又邋遢，看着真讨人嫌，发出一股油乎乎难闻的气味，一双细小的眼睛滴溜溜转。她望着我们，手里拿着一个洗衣服用的木头棒槌。

卡罗尔离开我们大家，走到那个老婆子面前，好像有话跟她说。突然，他掀起她的裙子，露出她小腹上皮肤的白色和阴毛的黑色！老婆子大吼。这个楞小子还冲她做出一个不雅的手势，然后跑了回来——穿过草地回到我们这儿来，好像什么事也没发生，气得火冒万丈的老婆子对着他呼号乱骂。

对这件事，我们只字不提。太突然、太讨厌了——强加给我们看的猪狗行为……卡罗尔重又和我们一起行走，溜达着，十分安然……瓦茨拉夫和海妮亚这一对热衷于谈话，消失在拐弯后面——也许什么也没有注意到——我们在他们后面，希波利特，玛丽亚夫人有点惊慌，弗雷德里克……这是干什么？这是干什么？怎么回事？我的惊奇不是因为他干出这样的荒唐事——虽然令人不愉快，但是这件荒唐事却一下子显现出了另外一种情调，另外一种尺度，这是世界上最自然而然的事……卡罗尔现在跟我们一起走，甚至——充满魅力，一个扑向老婆子的半大小子的奇异魅力，这种魅力在我眼里还正在变得高大，虽然我还理解不了这股魅力。对老婆子的无礼行为怎么会给他披上这样的光鲜魅力呢？他身上映射出来的魅力难以设想，而弗雷德里克把手放在我肩膀上，轻声说话，几乎听不见：

"喂，喂！"

可是他立即又吞吞吐吐说不出一句整话，声音很大，听着很不自然：

"喂，喂，喂，听说了吗，亲爱的维托尔德先生？"

我回答：

"没有，没有，没有，弗雷德里克先生。"

玛丽亚夫人对我们说：

"我要给两位先生看看美国金钟柏的样品。我亲自种植的。"

应该在意的是不要妨碍海妮亚和瓦茨拉夫。我们正在观看金钟柏的时候，这个未婚夫从谷仓那儿跑来，还连连做手势。希波利特疾步迎了上去："出什么事了？""德国人从奥帕图夫来了。"——果然看到马厩前面有些人——于是，他像发疯了似的奔跑起来，他妻子跟着他，弗雷德里克跟着他们，他大概心里想，这回他的本事派上用场了，因为他的德语很好。我呢，只要可能，我就躲开这样的事，一想到躲避不开的、压迫人的德国人，就感到厌倦之极。真是该死的东西……我回到了住宅。

住宅空无一人，各个房间空荡荡，家具显得更加突出，我等着……德国人偷偷摸摸来到谷仓前面这件事的结果……但是，我的等待慢慢地变成了对海妮亚和瓦茨拉夫的等待，他们消失在拐弯的后面……到后来，在这个空荡的房子里，弗雷德里克霍地一下子跳进我的脑海。弗雷德里克到哪儿去了？干什么了？遇见德国人了。肯定遇见了德国人吗？是不是应该到别的地方去找他，到水池那边，我们不是把我们的小姑娘留在那儿了吗……他就在那儿呀！肯定是在那儿！他返回到那儿去了，就是为了偷看。但是，这样的话，他看见什么了？不管他可能看见什么，我都十分嫉妒。空无一人的房间推我出去，我出门就奔跑，奔跑，本来该跑到马厩前面去，因为德国人刚才到了那个地方，我却顺着杂草跑到了水池后面，又沿着水沟奔跑——肥肥的蛤蟆都扑通扑通跳进水里，丑陋，讨厌——绕过水池之后，我瞧见了他们——瓦茨拉夫和海妮亚坐在小椅子上，在花园的边缘上，对着草地。天色已晚，差不多黑了下来。而且湿气浓重。弗雷德里克到底在哪儿？但是，他不可能不在这一带——而且我没有弄错——在那边，在柳树当中，在凹进的空当里，若隐若现的，他就藏在灌木丛后面警觉地张望呢。我毫不迟疑。悄悄地蹭到他身旁，站在那儿，他没有动，我安然伫立——我到岗侦查的行动宣示，我是他的同伴！他们坐在椅子上，侧面的轮廓影影绰绰的，大概正在窃窃私语——听是听不见的。

这是背叛——她下流的背叛——瞧啊，她偎依在这个律师的身上，而应该得到她忠诚的（男孩），却被抛到九霄云外……这个景象折磨了我，似乎我的世界里最后一点的美都遭到践踏，受到死亡、折磨和暴力的摧毁。真是造孽！他拥抱了她吗？还是拉住了她的手？对于她的素手来说那是多么低下和可恨的地方啊：他的两只魔掌！于是，我感觉到陷入梦幻，我靠近了某种幻景，我一环视四周，就看到了某种……看了让人触目惊心。

弗雷德里克不是一个人，他旁边，几步远的地方，模模糊糊藏在杂草堆里还有——竟是卡罗尔。

卡罗尔竟出现在这儿吗？在弗雷德里克身旁？但是，弗雷德里克是变了什么魔术把他带到这个地方的？用什么借口？不管怎么样，他就在这儿，我也知道，他来，是为了弗雷德里克，不是为了海妮亚——他来，不是因为对于椅子上发生的事好奇，他来，是因为弗雷德里克在这儿。的确，这是既模糊不清又很微妙的，所以我不知道能不能说清楚……我的印象是，这个（男孩）不请自来，唯一的理由就是让情况更显眼……更鲜明……让我们更痛苦。最有可能的是，这个老一点的男人弗雷德里克因为海妮亚的背叛而受到触动，站在那儿目不转睛地盯着观望，而他，一个少年，从树丛里无声无息地钻出来，站在他旁边，一言不发。这真是粗野，真是放肆！但是，暮色加重，我们都变得面目不清，还有寂静——所以我们大家都不能彼此打招呼。因而，实况的鲜明场面沉没在夜晚宁静的虚无之中。还需要补充一句，（男孩）的行动起一种几乎开释的舒缓作用，他的轻快、单薄，给人以轻松之感，因为（少年）朝气令人愉快，所以和任何一个人都很投合……（过些时候我会解释这些括号的意义的）……过了一会儿，他走了，轻快得和出现的时候一样。

但是，他轻易和我们结伴的做法，却令那个椅子的形象尖利刺人。（男孩）以闻所未闻的方式发疯地接近我们，而（女孩）却背叛了他！世界上的种种形势都是密码。人的秉性常常无法预测，世事也是如此。这儿的事……意思都很明显——可是就是让人无法充分理解、充分破译。无论如何，这世界像一团烟雾徐徐上升，具有某种匪夷所思的意思。这时候，马厩那边传来射击的声音。我们大家一起穿过草地跑去，互相伴随。瓦茨拉夫跟在我旁边，海妮亚和弗雷德里克在一起。弗雷德里克在紧急时刻变得震惊而有主意，绕过棚子，我都跟随着他。我们看了看：没什么大事。一个德国人喝得半醉，用步枪对着鸽子射击来消遣——接着就都钻进汽车，挥了一下手，开车走了。希波利特怒气冲冲地瞥了我们一眼。

"让我安静一会儿吧。"

他的目光从他身子里冒了出来，好像穿过一道窗户似的，但是片刻之后他就关上了全部的窗户和门。这才进了住宅。

晚餐时候，他斟满了伏特加，满脸通红，激动起来。

"好吧？大家为瓦茨拉夫和海妮亚干杯。他们谈妥了。"

弗雷德里克和我表示祝贺。

六

酒的劲头儿很大。杜松子酒。令人迷醉的一次经历。这经历像一杯烈酒——而且还有一杯——但是醉酒是滑溜的，每时每刻都有危险坠入烂泥，坠入丑态和思考力的泥潭。然而，又怎么能不饮酒呢？饮酒已经变成我们的卫生标志，每个人都尽其可能地麻醉自己——我也不例外——我仅仅是尝试在醉酒状态下保持一副研究人员的面貌，竭力挽救我的一点尊严，并且依然在进行观察，醉酒是为了观察。我的确是在观察。

晚餐后，未婚夫离开了我们大家。但是已经作出决定，后天全家都乘车前往卢达。

过了一会儿，卡罗尔赶着一辆敞篷马车来到露台旁边，要到奥斯特罗维茨去取汽油。我提出陪伴他去。

弗雷德里克也张开嘴提议要陪伴——却陷入了突然出现的局面……永远也不知道，这难看的局面什么时候出现。已经张开了嘴，连忙又闭上，却立刻又张开——被控制在这恼人的耍弄当中，脸色苍白。这时候，卡罗尔和我已经赶着马车出发。

慢步小跑的马匹的臀部，沙土的道路，广阔的景色，一个接一个缓缓起伏的山坡。清晨，广阔的田野，我和他，我在他身旁——我们两个人从波乌尔纳山谷谷底出现，我对他随随便便的态度，很可能在远处就被人看到了。

我是这样开口的："喂，卡罗尔，昨天你跟那个丑老婆子干什么勾当了，在水池边上？"

为了打探清楚我这个问题的性质，他有点厌倦地问：

"怎么了？"

"大家都看见了。"

我开头的用语不准确——不过是没话找话闲谈而已。为了放松，他微笑了一下，气氛融洽些。"没有那样的事。"说着，他挥动了一下鞭子，满不在乎的……也得讲究一点啊！"可是她要多丑有多丑，还是个挺老的货！"他没有回应，于是我加紧问他："你喜欢老婆子喜欢得很啊？"

他用鞭子抽了灌木丛一下，显得不以为然。这样的态度对于他来说似乎正是恰当的回应，所以又用鞭子抽打拉车的马，马奔跑，车晃晃悠悠的。这样的回应，我是理解的，但是不容易用语言表达出来。一段时间，车走得挺轻快。过了一会儿，两匹马脚步缓慢了下来，慢下来之后，他微笑了，整齐白皙的牙齿闪烁，和和气气地说：

"老，还是年轻，有什么区别呢？"

于是大笑了一声。

这话令我不安。一道凉气穿过脊梁骨。我坐在他身旁。这是什么意思啊？首先映入我眼帘的是：他一口整齐牙齿的不可度量的意义，这些牙齿在那儿嬉戏，显现出他内在的、净化心灵的白皙——在这儿，牙齿比他说的话更重要——看起来好像是，他说话是为了牙齿，也是因为有了这牙齿——如果他说什么话感到好玩，就尽可以说，那是游戏、是娱乐，他知道，只要他的牙齿愉快了，连最令人厌烦的丑陋也会得到谅解。这是谁，是谁坐在我的旁边呢？像我一样的某一个人？怎么会呢？在实质上，这是某种独特的和令人愉快的存在物，生在繁华的土地，充满了优雅，优雅变成了魅力。一个王子和一部长诗。然而，王子为什么去骚扰丑陋的老婆子呢？问题就在这儿。为什么对这个感兴趣？他自己的欲望驱使他了吗？虽然是王子，却也受到饥渴的操控，这种饥渴命令他去追求哪怕最丑陋的女人——他的欲望让他心动吗？他的美丽（和海妮亚结合在一起）真的连一点自持自重都没有，根本不在乎怎样满足自己，不在乎跟谁一起来得到满足吗？马车从小山坡下来走近格罗霍利采山谷。在他身上，我发觉出某种渎圣的倾向，得意地表现出来，于是我省悟，这是对于心灵的某种淡漠，是啊，是符合他自己原则的，某种绝望的东西。

（也许，我沉迷于这样的思考，仅仅是因为在这样的迷醉中还要保持研究学者的姿态）。

或者，他掀起那个老婆子的裙子，是为了显出丘八的匪气？那不就是丘八的匪气吗？

我问他（为了礼貌，我换了话题——我得注意自己的举止）：“你和父亲打架是为什么啊？”他感到惊奇，但是马上意识到，我必定是从希波利特那儿听说了他的事。于是，他回答：

“因为他欺负我妈。不给我妈活路，混蛋。如果不是我的父亲，我早就把他……”

他的回答用心周到——既坦言热爱母亲，同时也承认痛恨他父亲，这样的话语防止他受到温情至上的谴责。——但是，我故意把他挤到角落，直截了当地问：“你很爱你母亲吗？"

"当然了！如果母亲……"

这就是说，这其中没有什么特殊的，因为公认的道理就是，儿子应该爱母亲。但是这又是奇怪的。如果再仔细看看，就透着奇怪，因为刚才他还代表着无政府观念，放纵自己骚扰那个老婆子，现在却又变得循规蹈矩，遵从起孝道来了。他究竟信仰什么呀，无政府主义呢，还是法律？但是，如果他谦恭地遵从习俗，那也不是为了增加自己的价值，而是要贬低自己的价值，把对母亲的爱变得平凡而无足轻重。为什么他总要贬低自己的价值呢？这个问题奇怪地令人着迷——他为什么要贬低自己呢？这个问题是纯度高的烈酒——为什么，在他那儿，一切的思想都必然或者是引人入胜的，或者是令人厌烦的，却总是炽热又充满活力的呢？现在过了格罗霍利采，在山脚下往坡上走，左面有土墙，黄色的，上面都挖出了存放土豆的菜窖。两匹马慢慢行走——周围一片宁静。卡罗尔忽然变得爱说话了："您能不能在华沙给我找一个工作啊？比如，走私什么的？我想挣点钱，给母亲一点帮助，因为她治病要钱，还有，父亲整天唠叨，说我不找点活儿干。早听腻了。"一说起实际生活的事和物质的事，他的话就多了，在这儿，他能够说，而且说得多，跟我说，也是自然而然的——但是，是那样自然而然的吗？这是不是只是一个借口，实际上是为了跟我这个岁数大的人"套近乎"，为了接近我呢？确实，在这艰难的岁月里，年轻人必然得到岁数大一点的人的信任，因为这些人比他们能力大、有阅历，而要达到目的，他必须凭借个人的魅力……但是，半大小子撒娇比起小姑娘撒娇要繁难得多，因为姑娘的性别很有帮助……肯定是这样的盘算，嗨，非意识的、天真无邪的盘算：他直接求助于我，但是，认真说来，完全不是为了在华沙找工作，只不过是确立自己理应得到他人关怀的角色和地位，要打开通道……其他的就顺理成章……打开通道？什么意思？还要，"其他的"是什么？我仅仅知道，更可以说怀疑，这是他这个少年在尝试和我这个成年人接触，我还从其他方面得知，对此他没有感到勉强，他的饥渴、他的欲望在推动着他……我承担了，我感受到了他要接近我的隐蔽的意向……好像他整个的身心都要攻击我似的。不知道我能不能把话说明白。成年男人和少年的交往一般都是基于技术层面的事务、关怀和合作，但是，在变得更直接的时候，就会凸显出这种交往的激烈性。我感觉到，这个人想要以其青春少年的风貌制服我，而我，一个成年人，却似乎受到了无法弥补的羞辱。

但是，"青春少年"这个词儿不能用在他身上——用在他身上不合适。

马车爬上小山，展现在眼前的是一成不变的大地的景色，周围有山坡围绕，大地因为静止的波浪起伏而隐现，云朵下面，这儿、那儿洒下斜射的光辉。

"最好你还是留在这儿，和父母在一起……"这话说得很严肃，因为我拿出成年人的态度说话——这样我可以很随便地提出问题，继续谈话："你喜欢海妮亚吗？"

一个最难的问题问得容易得出奇，他回答得也没有困难。

"当然，我喜欢。"

说着，他用鞭子指着："您看见那些灌木丛了吗？那不是灌木，是山谷里森林的树梢，李塞尼那个地方的，和波泽胡夫森林连在一块。有时候有土匪藏在那儿……"他瞥了我一眼，心照不宣吧，马车继续走，路过了一个基督塑像，我又回到刚才的话题，好像一直也没有离开这个话题似的……突然寂静了，原因我也不知道，但是这却让我不再顾及刚过去的时间。

"但是，你不是爱上她了吧？"

这是风险大得多的一个问题——已经触及核心——这个问题因为显得顽固，还可能暴露出我阴暗的欣喜来，我的和弗雷德里克的欣喜，这欣喜始于他们的脚下、他们的脚下、他们的脚下……我觉得，好像我触动了熟睡中的老虎。真是无缘无故的恐惧。"不是……我们从小就认识……"这句话说得没有一点秘而不宣的动机……甚至能够设想，在昨天车棚前面那件事，我们大家都是秘密的参与者，一定会让他难以开口回答的。

根本就不是这么回事！那件事对于他显然是另外一个背景上的事——现在，他和我在一起，跟那件事没有关系——他拉长声调说出的"不是"有一点任性和轻浮甚至带着流氓口气的味道。他吐了一口唾沫。吐唾沫的动作更显得他像一个流氓，他却马上笑了一下，这个笑容威力很大，好像剥夺了他作出另外一种反应的机会；他斜眼瞄了我一下，幽默地说：

"我惦记着玛丽亚夫人呢。"

不可能嘛！这不可能是真话！玛丽亚夫人，瘦骨嶙峋的，一双迎风流泪的眼睛！他为什么要说这个话呢？是因为他掀起了那个丑陋老婆子的裙子吗？但是，他为什么要掀起老婆子的裙子呢，不是太荒唐了吗，不是一个讨厌的谜吗？！但是，我是知道的（而且这是我关于人的文学知识的感悟之一），人的某些行为表面上看毫无意义，但是人却需要这些行为，因为这些行为以某种形式给人以定位——就是说，举出最简单的实例：有人准备毫无必要地发出疯狂行为，仅仅是为了感觉自己并不胆小怕事。还有比年轻人更需要这样给自己定位的人吗？……因此，我更可以确定，这个少年坐在我旁边，手里拉着缰绳，拿着鞭子，他的大部分行为或言语都正是"在自身完成的"——甚至可以假设，我们亦即我和弗雷德里克的隐秘却又钦羡的目光更鼓励了他对自己玩起游戏，连他自己也未必很清楚呢。好啊，是的：昨天，他和我们一起散步，感到无聊，没有什么可做的，就掀起那个丑陋老婆子的裙子，浅尝淫荡的味道，他这么干，也许是想要从一个他人欲求之人变成欲求他人之人。这个少年的杂技演出。好吧。但是，现在，为什么他重又返回这个话题，承认"惦记着"玛丽亚夫人呢？这里面没有隐藏了某种已经是咄咄逼人的企图吗？

"你以为我相信你的话吗?"我说,"你不想着海妮亚,反而想着玛丽亚夫人吗?胡说的什么话呀!"我补充说。他竟在光天白日下顽强地说:"惦记就是惦记嘛。"

荒唐,骗人的话!但是,为什么呢,有什么目的啊?我们快到波泽胡夫了,可以看到远处奥斯特鲁夫工厂的大烟筒了。为什么,他为什么否定海妮亚、不要海妮亚呢?我知道,又不知道;明白,又不明白。年轻的真的喜爱老的吗?他真的愿意"跟老的"在一起吗?这是什么念头啊,目的何在啊——这念头的怪异像火一样锐利又富有喜剧性,立即牵引我跟踪它——因为我,现在进了他的境界,也听从了他兴奋心情的左右。这小子要到我们成年人当中来逛游一番吗?当然了,这再平常不过了,一个少年爱上了一个迷人的姑娘,以后的发展就会按照自然吸引力的路线发展,但是,也许,他需要某种……更宽广、更大胆的……他不愿意仅仅是"带姑娘的少年",而是"和成年人在一起的少年",一个窜入成年的少年人……多么阴暗、怪异的念头啊!但是,他已经有了品味无政府状态的真正经验,我不理解他,不可能理解他,不知道是什么、怎么样形成了他的习性,他是难以捉摸的,就像这片风景——既熟悉又不熟悉——只有一点我可能是有把握的，这就是，这个臭小子早就不用尿布了。要进去——进入什么里面去？这正好是不知道的——不清楚自己到底是喜欢什么、喜欢谁，也许不过是愿意和我们而不是和海妮亚一起游戏，所以他在向我连连暗示，年龄不应该成为障碍……怎么会这样？怎么会这样？是的啊，他感到无聊，想要解闷，玩一玩他自己还不知道的东西，甚至还没有想到的东西，因为寂寞无聊，那是些轻松地顺便想到的东西……和我们，而不是和海妮亚，因为我们虽然丑陋，却能够把他引向更远的地方，因为我们的局限性小。他为什么（考虑到马车棚前面那件事）不断地告诉我说他不感到讨厌……够了。一想到他的美丽追求我的丑陋这样的念头，我就感到恶心。我改变了话题。

"你去教堂吗？信上帝吗？"

这个问题是引发严肃思考的，这个问题能够预防他自曝的浅薄。

"信上帝？神甫在那儿说的话，什么……"

"可是你信不信上帝呢？"

"当然。不过……"

"不过什么？"

他不作声了。

本来我还想问他："你常去教堂吗？"又立即改了："你常去找女人吗？"

"有时候。"

"女人缘很好啊？"

他立即笑了。

"没有啊，不会的！我还太小呢。"

年龄太小。这里有轻蔑的意思——所以他使用"太小"这个词倒是很轻易。但是，对于我，在某种怪异且几乎是迷醉的补偿中，上帝把这个男孩和女人混淆起来了，所以他的"太小"在我听起来奇怪，像一个警告似的。是的，对于女人，和对于上帝一样，都太"年轻"，对于一切，都太年轻——所以，他信或者不信，在女人那儿人缘好与不好，等等的一切，都是因为"太年轻"，所以他任何的感情、信仰或者言语，都不可能有什么意义——他没有成年，他"太年轻"。对于海妮亚，对于他们直接生成的一切，他都"太年轻"，对于弗雷德里克和我，他也是"太年轻"……那么，他这嫩弱的年龄到底是什么呢？因为他什么意义都没有！我，一个成年人，怎么能够把我的认真严肃放进他的非严肃之中，怎么能够诚恐诚惶地去聆听一个非严肃的人言说呢？我张望一下四周。从那儿，从高处，已经可以看到卡绵纳，甚至还传来了刚刚能够听见的、靠近波泽胡夫的火车轰鸣，整条河谷，和公路一起，都展现在我们面前——左右两边都是一块一块黄绿色的天地，放眼远望，亘古不变的昏昏欲睡的往昔，这往昔受到压抑，被窒息，嘴被上了套。一股失去法则的奇怪气味充斥了一切，在这种没有法则的状态中，我和这个少年在一起，他"太年轻"、太单薄、太轻浮，他的不壮实、不充沛，在这样的环境中，变成了某种初级的沉稳。既然我不能够依凭什么，我又怎能够防备他呢？

我们乘车上了公路，车在路上的小坑上颠簸，车轮的铁皮发出嘎嘎的声响，人渐渐多起来，我们经过了这些沿路而行的人，他们有的戴着圆顶帽子，有的戴着宽边帽子，后来又遇到了一辆马车，装满了包裹，某一个人家全部的家当——这辆车一步一步地往前走——更远的地方有一个女人拦住我们，站在马路中间，然后走近我们，我看见一张十分优雅的脸，包裹在乡下女人戴的头巾里，她的脚很大，穿着男人的高筒皮靴，腿从短小的黑色丝裙下面露出，上衣开口很低，那是舞会服装或者晚礼服，很优雅，手里拿着什么东西，卷在报纸里面——她挥动这个东西——想说什么话，但欲言又止，重新挥动，又要开口说话，却又挥动那只手，躲到侧面——我们走开的时候，她还站在马路旁边。卡罗尔笑了一阵。我们终于到了奥斯特罗维茨，车轮发出咯噔咯噔的震耳声响，在碎石路上颠簸得连脸蛋子的肉都在乱跳；我们从德国岗哨旁边走过去；小镇还是原样，老样子，完完全全的老样子，工厂大铁炉的烟筒、围墙，再远处是卡绵纳河上的桥、铁轨、通往集市市场的街道，街角上正是马利诺夫斯基咖啡馆。就是这些，也有让人感觉到看不见的：犹太人没有了。但是，街上人很多，有些地方甚至交通拥挤，在那些地方，有女人从窗台上扔垃圾，有人腋下夹着大粗绳走路，食品店门口围着一小堆人，一个男孩子拿石块瞄准落在烟筒上面的一只麻雀。我们购买了供应的汽油，又采购了其他几样东西以后，便急急忙忙离开了这个奇怪的奥斯特罗维茨，直到马车重新走上简易泥路上软软的地面，我们才算松了一口气。但是，弗雷德里克在做什么？剩下他一个人，会干什么呢？睡觉吗？还是坐着呢？还是在散步？我知道他十分注重礼仪，知道他如果坐着，就会极其细心谨慎，但是，因为不知道现在他在干什么，我开始感到忧虑。我们到了波乌尔纳之后，和卡罗尔坐下一起吃很晚的一顿晚餐的时候，他也是不在；玛丽亚夫人告诉我说，他在锄草……什么？在花园里，锄小路上的草。"我担心……也许，我们这儿太枯燥了。"她又补充说，不无难堪之感，好像是在谈战前时期的一位客人似的，这个时候恰巧希波利特来向我通告：

"你的伙伴，告诉你吧……在花园里……锄草呢。"

他的声音能让人听出来，这个人已经开始令他厌烦——他感到难堪、不愉快，又无可奈何。我赶到了弗雷德里克跟前。一看见我，他就放下锄头，像平时那样很礼貌地问我，我们这次出游怎么样……接着，目光斜视，字斟句酌地道出一个想法，问是不是该回华沙了，因为，干脆说，这儿没有多少可做的事，而那边的小买卖如果再耽搁下去怕误了大事，还有，这次来访考虑得不够周到，也许最好该打理行李……他正在打通一条通向这个决定的道路，让这个决定在不知不觉中变得更坚定，让……我、他自己和周围的树木都去习惯它。我怎么注意到的呢？因为，从另一方面看，在乡下，一切都容易些……但是……明天可以离开吗？他的问题显得很突然，我明白了：他想要从我的回答中探听出我是否跟卡罗尔把话说清楚了；他认为，我肯定打探了卡罗尔；现在他想知道，是不是还可以抱以一线希望，看到卡罗尔少年的双臂拥抱瓦茨拉夫的未婚妻！同时他又向我暗示，从他所知道的情况和他的观察来看，是不允许我们抱有这样的幻想的。

很难描写这个场面的丑陋。一个年长者的仪态被隐秘的意志力量控制，这股力量指向掩饰他的崩溃，或者至少要把这崩溃组织成一个面目宜人的整体——但是，在他的内心已经出现了失望，他放弃了魔幻、希望、热情，全部的皱纹都散播扩张，爬到了他脸上，像在一具尸体上一样。他顺从而谦卑，向自己的丑陋投降——而且还将自己的低贱传染给了我，令我自己的恶毒滋生、蔓延，布满我的全身。然而，顶尖的丑陋还不在这儿。引发终极恐怖怪异的是，我们像一对情侣一样，被感情摆布，受到另一对情人的抛弃，我们的发情状态、我们的兴奋无处可以宣泄，所以它在我们二人之间徘徊……现在，除了我们自己，什么都没有剩下……但是，我们在这被唤醒的肉欲之中，却又彼此十分厌烦。所以，我们尽力不看对方一眼。阳光热烘烘地照射着我们，灌木里发出斑蝥虫的臭味。

我终于明白，在我们两个人之间的秘密商谈中，对于他和对于我来说，另外那两个人不容置疑的冷漠都是一个莫大的打击。这少女是瓦茨拉夫的未婚妻。这个青年对此根本不予理睬。一切都沉没在他们年轻人视而不见的昏蒙里。这是我们美梦留下的废墟。

我回答弗雷德里克说，谁知道呢，我们人不在华沙，这也许不算上策。他立刻抓住了这一点。现在我们是在逃，却自由自在地沿着小林荫路漫步，慢慢地接受这个决定。

但是，在住宅拐角通往办公室的小径上，我们遇到了这两个人。她手里拿着一个瓶子。他在她前面——他俩正在闲谈。他们天真烂漫，全部的孩子气都一目了然，她是个中学生，他是个中学生，小小子。

弗雷德里克问他们："你们干什么呢?"

她说："瓶塞掉到瓶子里了。"

卡罗尔举起瓶子对着太阳光说："我用铁丝把它拿出来。"

弗雷德里克说："没有那么容易。"

她说："我还是去另找一个吧。"

卡罗尔说："别担心……我把它钩出来……"

弗雷德里克说："瓶颈太细。"

卡罗尔说："能进去，就能出来。"

她说："把它钩碎了，果汁也给弄脏了。"

弗雷德里克没有回答。卡罗尔两只脚不断地踏着，一副蠢样。她还拿着那个瓶子，说：

"我到上面去找一个瓶塞。办公室里没有。"

卡罗尔说："我跟你说，能钩出来。"

弗雷德里克说："通过瓶颈不容易。"

她说："去找啊，一定能找到！"

卡罗尔说："你不知道？柜子里的小瓶子……"

她说："不行，那是药瓶子。"

一只鸟儿飞了过去。

弗雷德里克说："这是什么鸟？"

卡罗尔说："黄鹂。"

弗雷德里克说："这里这种鸟儿多吗？"

她说："瞧，一条大蚯蚓。"

卡罗尔还叉开两条腿晃悠，他抬起一条腿准备挠一挠小腿肚——但是，他的一只皮鞋抬了起来，鞋跟顶着地面，扭动了半个圆圈，把蚯蚓碾断了……只是从一端，在他的脚够得着的地方，因为他不愿意让鞋跟离开地面；蚯蚓另外的半截开始扭动、发僵，他用心瞧着，兴趣很大。这没有什么大不了的，和胶纸带上的死苍蝇、灯罩里面的蛾子死掉没有什么区别——但是，弗雷德里克透明玻璃般的目光盯住了这个蚯蚓，把它的全部死亡痛苦看得清清楚楚。他显得十分愤怒，但是，实际上，他感觉中只有细察那虫子的痛苦，直到最后的一点一滴。他捕捉、吸吮、抓取、接受——在痛苦的钳制下，他变得麻木、失音、僵凝——不得挪动。卡罗尔从眼角瞥了他一眼，但是还没有碾死那蚯蚓，在他看来，弗雷德里克的恐惧简直就是发疯、发痴……

海妮亚的鞋子向前移动，碾碎了这条蚯蚓。

但只是从另外的一头，十分准确地豁免了中间这一段，这一段又继续蜷缩、蠕动。

既然一条小虫子被踩断这么微不足道……那就什么都是微不足道的。

卡罗尔说："利沃夫附近的鸟儿比这里多。"

海妮亚说："我得削土豆皮了。"

弗雷德里克说："我可不羡慕你……枯燥的工作。"

回去的路上，我们又聊了一会儿，后来弗雷德里克就不知道到哪儿去了，我不知道他在哪儿，但是我知道他正在干什么。他正在想着刚才的事，那两只轻率的脚联合起来，对那么小的一条虫子共同施展残酷。残酷？那就是残酷？渺小的事，或者，碾死虫子的小事，而且还是不经意的，因为虫子爬到靴子下面来了——我们踩死过多少虫子啊？不是啊，这算什么残酷嘛，更可以说是无意，无意中以儿童的眼睛看待小虫子在可笑的蜷曲中死了，感觉不到疼痛。真是琐事。但是，对于弗雷德里克呢？对于具有辨析意识的这个人呢？对于敏感而善于共鸣的人呢？对于他来说，这个行为就是巨大的流血事件——当然是疼痛，是痛苦，无论在一条虫子的体内，还是在一个巨人的体内，疼痛都是"一个"，一如空间就是一个，是不能分开的，凡是在它出现的地方，都是同样的十足的残酷。因此，这个行为对于他来说必定就是一般所说的很可怕，他们制造了痛苦，引发了疼痛，用鞋后跟把这条蚯蚓平静的生存变成地狱般的生存——真是难以想象比这更严重的屠杀、更大的罪行。罪行……罪行……是的，这是罪行——但是，如果是罪行的话，也是他们共同的罪行——他们两个人的脚在这条蚯蚓抖动的躯体上联结起来了……

　　我知道他在考虑什么呢，这个疯子！疯子！他正想着他们呢——他想到，他们是"为了他"而踩死那条蚯蚓的。

"别受骗。说我们没有共同的东西，不要信这个话……你都看见了：我们一个人踩了一脚……另外一个又踩了一脚……踩这个虫子。都是为了你，才这样干的。在你的前面，也是为了你——在罪行中结合了起来。"

这个时候，弗雷德里克的思想一定是这样的。不过呢，也许，我是在总结我自己的想法吧。可是，谁知道呢——也许，在这个时候，他正在给我总结他自己的想法……而且，对我的想法，和我对他的想法也没有区别……所以，还可能说，我俩彼此都把自己的思想放在对方身上来培育……这倒挺有意思，我笑了一下——心里想，也许他也笑了……

"我们这样做是为了你，在你的面前，我们在罪行中结合起来……"

如果他们真的想要用轻轻踩踏的脚来显示这样的隐秘的内容……如果是这样……但这是不需要重复两次的！聪明的脑袋，只言片语就够了！我又笑了一下，因为想到弗雷德里克此刻可能以为我在这样地想着他：精心制定的返回华沙的计划都被抛到脑后；他又像一条小路上的猎狗，充满突然苏醒的希望，受到了激励。

包含在"罪行"这个小字眼里令人眼花缭乱的希望——

前景——展现了出来。如果这个小子和这个小姑娘渴望罪孽……相互之间……但是也和我们……哎哟，我差不多瞧见弗雷德里克了，他正在什么地方用一只手托着脑袋，心里琢磨——罪孽会贯穿最深厚的亲密关系，把我们联系起来，不亚于热情的爱抚，而罪孽是私密性的，隐秘又可耻，是共同的秘密，要渗入他者的存在，就像肉体的爱情渗入躯体一样。如果是这样的话……那，就可以推论出，他，弗雷德里克（"他，维托尔德"——弗雷德里克想）……那，我们两个人……我们对于他们来说，都还不是太老——换句话说，他们的青春年少对于我们来说不是不可企及的。为什么罪孽是共同造的？造孽就是要把少年和小姑娘的青春非法许配给某一个……不怎么吸引人的……一个半老的、严肃的人。我又笑了一下。他们，在美德上，对于我们是封闭又神秘的。但是，他们陷入了罪孽，可能和我们混在一起……弗雷德里克就是这么想的！我几乎看见了他的手指头放在嘴唇上，寻找能够把他和他们搅在一块儿的罪孽，他正在四下里寻找罪孽。这是一种什么反光镜系统啊——我是他的一面镜子，他又是我的镜子——就这样，依靠他人的关系编织白日梦，我们都渐渐达到了某些设想，可是我们谁也没有胆量承认这是自己的设想。

次日，我们准备到卢达去。出发一事的细枝末节成了商议的对象——用什么马匹，走哪条路，出几辆车——商议结果，是我和海妮亚同乘一辆车。因为弗雷德里克不愿意自己拿主意，所以我们抛掷硬币，结果是由我陪同海妮亚。这个清晨时间漫长，无序，波浪形的土地起伏连绵，道路漫长，低凹的路面两侧都是浅黄色的土墙，高处装饰着一丛灌木、一棵树和一头母牛；在我们前面，卡罗尔坐在马车夫座位上，那辆车一会儿出现，一会儿消失。她穿了华丽上衣，外套后背因为沾了尘土呈现白色——这是一个未婚妻到未婚夫家去。所以，我痛感气恼，胡乱说了几句话之后，就问她："祝贺您。您出嫁，成家。您会有孩子的！"她回答：

"我要孩子。"

她回答了，可是，看她回答问题的态度嘛！俯首贴耳——十分热切——像一个中小学女生，好像有人教过她要这样回答似的。好像面对自己的孩子，她自己成了一个顺从的小孩子。马车继续前进。我们面前是马尾巴和马屁股蛋子。是的！她想嫁给这个律师！想要跟他生孩子！她说这个话，而在那儿，在我们前面，正在闪现出她未成年情人的侧影！

马车经过一堆路边的瓦砾；接着有两棵刺槐。

"您喜欢卡罗尔嘛？"

"当然……从小时候就认识……"

"我知道，很长时间了。但是，我想问问，您对他没有什么感觉嘛？"

"我吗？很喜欢他呀。"

"喜欢？没有别的了？那您为什么跟他一块儿踩死了那条蚯蚓呢？"

"什么蚯蚓？"

"还有裤腿？您为他卷上去的裤腿，在车棚前面？"

"什么裤腿？啊，是的是的，那裤腿太长了。怎么了？"

谎言的墙壁光滑得发亮，这样的谎言是诚实地说出来的，而且，她不觉得是谎言。可是，我怎么才能套出她的真话来呢？这个小姑娘坐在我旁边，弱小、单薄、不丰满，甚至还不是一个成年女性，只是女性的前奏，这是过渡时期，有这个时期，就是为了让这个时期消亡。

"卡罗尔爱您。"

"他？他不爱我，也不爱其他的女孩……他一心巴望的就是……找个人一块儿睡觉……"接着，她又说了让自己感到愉快的话，是这么说的，"他到底是个小子嘛，想着那事，您知道……唉，还是最好不说了！"这显然是指卡罗尔过去一些说不清的事，但是我又觉得，我已经捕捉到友善的语调——似乎这其中隐藏着"有机的"同情，有一点同学情感的味道，而且，她说这个话的时候，没有表示出厌恶的意思，而在某种程度上是愉快的……甚至还有一股亲密感……看样子，作为瓦茨拉夫的未婚妻，她是在严厉地评判卡罗尔，但是，同时，也同情他坎坷的命运——这是他们所有生活在战争乌云下的人们的共同命运。我立即捕捉到这一点，弹了一下亲密感的琴键，像同学那样随意回应她说，她肯定也不止和一个男孩睡过，她当然不是圣女，所以也可能和他睡过，为什么不呢？她听了这话很平静，比我期望得平静得多，甚至可能还带有一定的急切心情和奇异的顺从心理。她立即表示同意我的话，说她"当然可能"，而且事实上已经发生在在他们家住宿一夜的一个国家军士兵身上，那是在去年。"当然请您不要告诉我爸妈。"但是，这个小姑娘为什么这么轻易地让我知道她自己的一点私密情事呢？而且是在和瓦茨拉夫刚刚订婚之后？我问她，父母亲是不是怀疑（她和这国家军当兵的）有什么事，她回答："怀疑了，因为甚至抓住了他和我。但是就因为这样，才不怀疑……"

好一个"就因为这样"。凭这么个短语，什么都能说。一个障眼法的短语。现在马车上了去布茹斯托瓦的路，在菩提树中间——一片阴凉，马走得渐渐慢了下来，套脖子松散了，车轮下的沙土吱吱地响。

"好啊！说到点子上了！为什么呀？跟那个国家军士兵能干，怎么跟这个就不行呢？"

"不，不行。"

女人说"不"很容易。拒绝的本事。这个"不"字，在女人那儿永远都是现成的——如果真的是在心里的话，那就是坚定而无情的。但是……难道她爱上了瓦茨拉夫吗？是不是因此才采取了节制的态度？我说了两句话，意思是：瓦茨拉夫如果知道了她的"过去"，会受到打击，因为他看重她，又笃信宗教，而且原则性强。我表示希望这个情况永远也不要告诉他，要原谅他……原谅他，因为他相信他们在精神上彼此完全理解……她打断了我的话，生气了："您以为怎么样？我没有道德吗？"

"他有天主教道德观。"

"我也有。我是天主教徒。"

"您的意思是……？您参加圣餐礼吗？"

"当然了。"

"您信上帝吗？名副其实地，按天主教的要求那样？"

"如果我不信的话，我就不会去做忏悔和圣餐式。您不要往别处想！我未来丈夫的原则很适合于我。他母亲几乎就是我的母亲。您很快就看到那是一位怎么样的母亲！我进入这样的家庭，是一项荣誉。"沉默一会儿之后，她用缰绳轻打拉车的马："至少在嫁给他以后，我不会太随便的。"

沙地。道路。上山坡。

她刚才用的几个词真俗气——为什么呢？"我不会太随便的"。可以说得文雅一点嘛。但是她这句话的底蕴是双重的……里面包含了对纯洁和尊严的欲求——但是这句话又不够格，用词不当……却又是令人兴奋的……令我兴奋……因为又让她接近了卡罗尔。但是，就像以前遇到卡罗尔那样，短暂的失望感又袭击了我——从他们那儿什么也打听不出来，因为他们说的话、他们的思想、他们的感觉，都仅仅是引起兴奋的游戏，是连续不断的撩逗，是对于自身的自恋品味的激发——而他们自己首先变成了自己引诱言行的牺牲品。这个小姑娘吗？这个小姑娘，这个小姑娘不是别的，仅仅是令人对自己倾心、勾引人、人见人爱的东西，是不知疲倦的、有弹性又柔软的、有吸附力的卖弄风情——她就坐在我身旁，披着斗篷，两只小手——手也太小了一点嘛。"至少在嫁给他以后，我不会太随便的。"这话听起来厉害，等于把自己看管了起来——为了瓦茨拉夫，通过瓦茨拉夫——但是也等于私密地、引诱性地承认自己的弱点。因此，甚至在表现美德的时候也要令人兴奋……在我们前方的远处，一辆马车正在上山，车夫旁边坐着的是卡罗尔……卡罗尔……卡罗尔……在马车夫座位上。在山坡上。远处。我不知道是因为他出现在"远处"，还是因为他出现在山坡上……在卡罗尔的这个形象、这个"变体"中，在这样显现出来的样子中，包藏了某种令我气愤的、恼怒的东西，于是我用手指头指着他，说：

"您喜欢和他一起踩蚯蚓！"

"您怎么抓住这条蚯蚓不放呢？他从上面踩的，我不过侧面踩了一下。"

"你们都知道，那条小虫子很痛苦！"

"您这话是什么意思啊？"

依然是什么也不得而知。她坐在我旁边。片刻之后，我醒悟到，应该放弃这一套——应该退出……我的处境是，沉溺在他们的性感之中——这真是太荒唐了！我应该尽快地从事一点别的事，更适合的事——认真做点更严肃的事！返回正常的、我很熟悉的事很难，让其他的某些事显得有意思又重要，让跟青少年这样的挑逗受到蔑视不是很难吧？但是，在一个人变得兴奋的时候，他就喜欢自己的兴奋状态，为兴奋而兴奋，除此之外，生活别无其他！我又一次用羞辱人的手指头指着卡罗尔，有意把她逼迫到墙角，示意要迫使她承认事实：

"您不是为了自己。您是为了别人。但是在这件事情上，您是为了他。您属于他！"

"我？属于他？您想到哪儿去啦？"

她哈哈地笑了。他们经常的、不倦的笑声——她和他——把什么都搅乱了！令人失望。

她把他推走了……笑着……用笑声把他推走。这笑声是短促的，瞬间之内中止，几乎不过是一点笑意而已——但是在这样一个短暂的时刻里，透过她的笑容，我看出了他的笑貌。同样笑开的嘴，同样的牙齿。这是"可爱的"……遗憾啊，遗憾，这是"可爱的"。这两个人都是"可爱的"。为什么她不愿意呢?

七

卢达。在露台前面，我们从两辆马车上下来，瓦茨拉夫出现，跑到未来妻子面前，表示在自家门口迎接她——又以专注的、十分沉稳的礼仪接待我们。在前厅里，我们亲吻了一位年长妇女的手，她干瘦、矮小，发出草药的芳香和医药气味——她细心地和我们握手。住宅里人很多，昨天，有一家人突然从利沃夫来到，被安置在二楼，客厅里支起几张床，女佣人跑来跑去，小孩子们在地板上的皮箱和包裹中间玩耍。看到这个情况，我们说，晚上返回波乌尔纳，但是阿梅丽亚夫人不同意，说"诸位不要这样"，因为有办法，都能住下。还有其他的原因催促迅速返回，这就是：瓦茨拉夫悄悄告诉我们，男人们，有两个国家军的士兵来求宿，而且，从他们的只言片语中得知，他们正准备在这一地区展开行动。这一切造成了相当紧张的气氛——但是大家还是在窗户很大却有点昏暗的客厅里坐在沙发椅上开始闲谈，阿梅丽亚夫人对弗雷德里克和我都很客气，问我们的遭遇和困苦。

她的头部，过度地苍老和干枯，在脖子的上方，像一颗星星似的，她肯定是个非同寻常的人物，而且，这个地点的气氛显得特别地突出，可以说，这些溢美之词并非夸张；我们面对的不是外省乡下的一个邻居保护人，而是一位重要的人，她的在场本身就带有一股强大的力量。难以确定缘何而来。和瓦茨拉夫一样，但是更为深刻的大概是对于人的器重。礼貌来源于对于价值观的细腻感受。优雅充满深邃的情感，却又饱含了无限的纯朴和奇异的正气。然而，在深处，极其明显的是，在这里占主导地位的是某种更高的理性，穿透一切怀疑的绝对理性，对于我们，对于我，可能还有对于弗雷德里克来说，这座房屋具有明确的道德观，突然变成一个奇妙的歇息之地，一块绿洲。既然这里占有主导地位的是形而上的原则，亦即超越肉体的原则，那么，简单地说，主导我们的就是天主教的上帝，我们就脱离了躯体，极具尊严，不允许追逐海妮亚和卡罗尔。这就像是，理性的母亲打我们屁股，我们被召唤返回了秩序，一切又都返回到原有的尺度。海妮亚和卡罗尔，海妮亚加卡罗尔，他们又恢复了原样，亦即平常的少年——而海妮亚和瓦茨拉夫获得了新的意义，但是仅仅是在爱情和婚姻方面。而我们，这些长者，又收回作为长者身份的理由，突然之间被强烈镶嵌其中，所以根本不可能谈到来自那里，来自下方的威胁。总而言之，又重复出现了瓦茨拉夫给我们带到波乌尔纳的那种"清醒"，但是程度更高。少年的膝盖对我们胸部的压挤之感停止了。

弗雷德里克活跃了起来。从他们该诅咒的脚、压迫人的脚下解放出来，他似乎恢复了对自己的信心——松了一口气——立即放出自己全部的光辉。他说的话一点也不新鲜，平淡无奇，都是没话找话说——然而，每一个细节都带出了重量，承载了他的个性、他的感受、他的意识。最普通的词儿，例如"窗户"、"面包"或者"谢谢"，在他那张十分"知道该说什么"的嘴上，都生出完全别样的味道来。他说，"喜欢细小的舒适"，这也变得重要起来，虽然这是对重要性的细心隐蔽。他独特的"模式"在最高的程度上突显，这就是作为他发展和感受的生存方式——突然之间，最具体地体现出来——而且，如果说人的意义就在于赋予自己的意义，那么，在这一实例中，我们所面对的则是一个巨大的、浩大的存在物，所以我们很难理解，他在对于自己的感受中觉得自己是何等闻所未闻的形象——闻所未闻，不是在社会价值的尺度上，而是作为生存和存在物。还有，瓦茨拉夫和母亲伸出双臂接受了他的孤独的伟大，对于他们来说，似乎尊重的态度可以带来最高度的愉快。甚至这个家园里的主要人物海妮亚也被冷落，一切都开始围绕着弗雷德里克转了。

"走，"阿梅丽亚说，"我从露台上给您看看河面上的景色，然后午餐。"

女主人对他全心全意，只对他说话，把海妮亚、把我们都忘了……我们跟着他们到了露台，从那儿起，地面有很多小坡，一直伸展成为平滑的一片水面，几乎目不可见，似乎悄然不动。看着并不丑陋。可是弗雷德里克随随便便地说：

"木桶。"

他又昏了头……因为，他没有欣赏风景，而是注意到了最不起眼的东西，例如被扔在旁边树下毫无特色的木桶。他不知道这个木桶怎么迷住了他，也不知道怎么甩掉它。阿梅丽亚夫人重复道：

"木桶。"

她轻声地但十分清晰地附和他，似乎表示肯定和同意，表示欣然而及时地持同一观感——似乎像这样偶然地被引导进偶然的事物，对此经历她并不陌生，这是与某物未曾预料的邂逅；该物因为具有强力而变得最重要，这样的邂逅……

啊，他们两者有很多共同之处！坐在餐桌旁边午餐的人，除了我们，还有这一家难民和小孩子们，午餐安排得杂乱无序，人多，小孩子乱跑……这顿饭吃得烦死人。他们就形势"高谈阔论"，都是平常的事，跟德国人的撤退和地方的事有关，我也听不懂这个乡下地方说话的土音，跟华沙根本不一样，顶多凑合听懂一半，我什么也不想问；我知道，不值得问，况且打听也不是上策，我凭什么问呢，反正很快就会知道的，干脆趁乱哄哄的喝酒吧，我仅仅知道，阿梅丽亚夫人凭她高高昂起的小脑袋不倦地指挥着全局，一直对弗雷德里克抱以某种特殊的警觉，特殊的关照，嗨，说明白点，特殊的紧张心情——看样子是爱上他了……爱情吗？倒更可以说是他似乎永不枯竭的意识魔力；这魔力，我也曾多次体验到了。他是深刻地、不可扭转地意识到了的！而阿梅丽亚，一定受到了多次沉思和多次的精神努力的锻炼，在瞬间之内就嗅出可以跟他接触的气息。她是一个极为专注的人，不允许任何的事物转移注意力，背离最终目标——无论她是什么样的人——她是一个严肃的人，和她相比，其余的那些人都干脆是黄口小儿。发现了弗雷德里克之后，她以全部的热情渴望知晓，这位客人对她抱有什么态度——他是否接受她，还是拒绝她和她珍存于自身的真理。

　　她猜想他是不信神的——这一点，从他某种谨慎的态度和他保持的距离感就可以感觉出来。她知道，在他俩之间存在着这道隔阂，但是，尽管如此，她还是期待着他的承认和肯定。到现在为止，她遇到的其他人都是信教的，但是都没有达到足够的深度——而这一位呢，虽然不信教，却深刻得没有底，所以不可能不赏识她的深刻性，是"终极的"，所以必定理解她的终极性——因为他"知道"，他"理解"，他"感觉得出来"。阿梅丽亚关心的是，用他的终极性来验证自己的终极性；我以为，她像一个外省的艺术家，想要把自己的作品第一次向行家推出——而这个作品就是她本人，她的生命，她要求得到承认。但是，可以说，她没有努力说明这一点，而且，即使无神论不是障碍的话，她大概也做不到这一点。然而，他人的深刻性的显现激发了她全部的深刻性，令她严肃认真起来，准备向他表明，她的一切要取决于他，对他抱以期望。

　　至于弗雷德里克，他一如既往，行为无可指摘，赔尽了谨慎小心。但是，他的低俗在锄草的时候、承认失败的时候，在她的影响下开始渐渐露出原形。这是软弱无力的低俗。这一切都十分类似于交媾——当然是精神上的。阿梅丽亚希望，即使他不承认她的上帝，也要承认她的信仰，但是这个人没有能力做到这一步，因为他注定体验到对于现存一切的持续的恐怖，陷入无法消除的寒冷——他是一成不变的——他仅仅注目于阿梅丽亚，确认她就是她那个样子。正是在她温暖的光线之中，这才变得僵尸般软弱无力。而他的无神论在她的有神论的影响下正在生长，所以他俩已经被搅在这致命的矛盾中。而他的躯体特征也在她的精神状态的影响下生长，例如，他的手变成了一只真正、真正、真正的手（这只手，我不知道为什么，让我想起那条蚯蚓）。我还捉住了他的目光，他的目光正在扒掉阿梅丽亚的衣服，就像唐璜扒掉少女的衣服一样，令人感到，裸体的她会是什么样的——当然不是出自色情的冲动，而只不过是为了知道在和谁谈话。在这样的目光下面，她蜷缩起来，突然失声——她明白了，她之于他只不过她之于他，仅此而已。

　　这是在露台上的事，早餐之后。她从座椅上站起来，对他说：

　　"请伸出手来。一起散散步吧。"

　　她依附在他的胳膊上。也许是用这种方式，透过躯体的接触，她想要增进亲近感，克服他的躯体特性。他们两个人一起走，互相贴得很近，像一对情侣，而我们六个人则跟在后面，像列队行进似的——的确像一个传奇故事场面，一两天以前，我们不是同样地陪伴了海妮亚和瓦茨拉夫了吗？

传奇故事，却是悲剧性质的。我设想，在捕捉到他那剥除他人衣装的目光时，阿梅丽亚感受到了不愉快的震颤——因为迄今为止还没有人这样看待她，因为从早年起，她一直享有大家的尊敬和爱戴。他到底听说了什么话，知道了什么——竟这样地对待她？她绝对自信，自己坚实的精神努力赢得了世人的同情，是不容置疑的，所以她不为自己担心，而是为世界担心——因为，在这儿，出现了和她的世界观对立的另外一种世界观，同样严肃，同样受到后退至最后阵地那种状态的支配。

这两位严肃的人士在宽阔的绿草地上并肩迈步，挎着胳膊，此时太阳因西沉而显得大多了，颜色血红，我们的身躯甩出长长的阴影。海妮亚和瓦茨拉夫走在一起。希波利特和玛丽亚。我在侧面。还有卡罗尔。那一对在我们前面，专心对话。但是那对话没有表现出什么。他们正在谈论……威尼斯。

走了一段，她站住了。

"请看看周围吧。多美啊!"

他回答：

"是的，毫无疑问。很美。"

说这个话，是为了附和她。

她突然感到不耐烦，抖动了一下。她的回答是空洞的——为了躲避恰当的回应——虽然言辞讲究，甚至带着感情——但是那是演员的感情。她要求对于这傍晚感受到真正的欣赏，这是上帝的创造，她希望他至少从上帝的作品中来崇敬上帝。在这个愿望中饱含了她的纯洁。

"请您认真地观看，认真地述说。这不是很美的吗?"

这一次，因为听从指挥，所以他集中了精神，做出明显的努力，尽可能说出真诚的话，甚至带有某种感动的心情。

"确实很美，毫无疑问是美丽的，是啊，真是奇迹。"

她不能有更多的奢求。可以看出，他在努力满足她。但是他有一个致命的特点：他说什么话的时候，就好像为的是不说其他的什么话……到底是什么？阿梅丽亚决定摊牌，她站在那儿不动，断定：

"您是无神论者。"

在对这样微妙的事物表达看法之前，他左顾右盼，好像要检查一番世界似的。他说……因为他必须说，他没有别的可说，而这个回答又是这个问题所决定的。

"我是无神论者。"

但是，他说这话，又是为了不说别的什么话！能感觉出来！她默不作声，避开争论。他如果真的不信神，她就可能跟他展开斗争，而且展现出自己的理性最深刻的"极限性"，哈，就会跟他斗争，因为势均力敌。但是，话语对他的作用只在于遮蔽……别的某种事物是什么呢？什么？如果不是信徒，也不是非信徒，那究竟是什么？现在浮现出来了某种无法限定之物的地带，某种奇异的"他者的因素"，她在其中迷失、震惊，被驱逐出局。

她起步回家，我们大家跟在她身后，投下很长的阴影；阴影铺展在草地上，延长到我们所不熟识的地方，移植到麦茬地。我敢发誓，她现在感到恐惧。她举步慢行，不理睬弗雷德里克，但是这位客人倒是还陪伴着她，像一条小狗。她被驱逐出局……就像一个被夺走了武器的人。没有攻击她的信仰——她不需要保卫它——面对作为一道屏幕的无神论，上帝变得多余——没有了上帝，她觉得孤独，她只有依靠自己，来面对一个依靠她所不知的、躲避了她的信条的人物。而信条躲避她一事，令她感到难堪。这就表明，在平坦的道路上，具有天主教精神的人可能会遇到事先没有预见的、控制不了的事。她突然被某人以闻所未闻的办法攫获——透过弗雷德里克，她变成了自己都不理解的人。

在这块草地上，在这样的傍晚，我们的散步行程拉得很长，像一条蛇。我们后面不远，左侧，有海妮亚和瓦茨拉夫，六个人都很有礼貌，客客气气的，有家人在旁边，他——是他妈妈的儿子，她——是她父母亲的女儿；律师的躯体靠近十六岁的少女也不觉得不适，虽然旁边就是两位母亲和一位父亲。而卡罗尔则在侧面独自走着，手插在裤兜里，他寂寞吗，可能甚至不寂寞，他只是在那块草地上踏步，左脚、右脚，左脚、右脚，左脚、右脚、左脚，在夕阳西下的时候，在绿茵茵的宽阔草地上，有凉爽的微风吹拂——他就在这儿踏脚，一会儿换一个地儿，时而减慢时而加速，直到最后和弗雷德里克并肩同行（弗雷德里克是和阿梅丽亚夫人同行的）。并列走了一会儿，卡罗尔提出请求，说：

"您可以把旧外套给我吗？"

“为什么呢?”

“我需要。做买卖用。”

“你需要,又怎么样呢?”

“就是需要嘛!”卡罗尔腆着脸笑着说。

“你自己买去吧。”弗雷德里克回答。

“我没钱。”

“我也没有。”

阿梅丽亚夫人加快脚步——弗雷德里克也加快脚步——卡罗尔也加快脚步。

“您把外套给我吧!”

“您把外套给他吧!”

是海妮亚。她跟卡罗尔一起呼吁。她未婚夫在靠后几步的地方。海妮亚和卡罗尔一起走,她的声音、动作,都像是他的。

“您把外套给他吧!”

“您把外套给我吧!”

弗雷德里克站住,很滑稽地向上伸出双手:“给我一条活路吧,孩子们!”——阿梅丽亚走开了,越走越快,也不回头看他们一眼,显得好像有人在追击她似的。说得也是——为什么她连一次也没有回头看看啊，这个错误的后果是，在这个未成年的赖小子前面好像正在奔逃似的（这时候她自己的儿子还在后面相当远的地方呢）。但是问题又来了，她是逃避谁呢：逃避他们吗，还是他——弗雷德里克呢？还是逃避他和他们呢？看样子不是她从这半大小子和半大丫头之间的嬉闹中闻出点什么味儿来，不会的，她没长着那样的鼻子，而且他们比她低下得太多了——海妮亚之所以对她有意义，仅仅是因为她作为未婚妻和瓦茨拉夫在一起，但是海妮亚和卡罗尔还是孩子，还是少年。如果说她奔逃，那就是逃避弗雷德里克，逃避卡罗尔对他显示出来的信赖关系——这是她理解不了的——这种信赖的关系突然在这儿、在她身边产生，这是对她的打击……因为这个男人被这个少年俘获，和他一起摧毁和丧失了他因为她才得以创造出来的沉稳作派……而这信赖关系受到儿子未婚妻话音的加强！阿梅丽亚的奔逃表明，他注意到了这个情况，已经牢记在心！

她一走远，这两个少年就不再纠缠弗雷德里克索要外套。因为她走远了吗？还是因为他们取笑的劲头过去了？不用说，弗雷德里克虽然因为少年的纠缠而感到震惊，而且很像一个在夜晚时分的城郊勉强逃脱了一股强盗的人，使用了起步最高的警戒手段，避免"树林里的狼"，他不熟悉而又一直害怕的狼在不经意之中又被招引出来。他很快地走到希波利特和玛丽亚旁边，开始摆脱这些不愉快的"话题"，甚至招呼瓦茨拉夫，要跟他一起谈谈平常的轻松话题。整个晚上，他都像一只老鼠似的，甚至连看都不看卡罗尔和海妮亚，不看海妮亚和卡罗尔，等着大家安静下来，轻松下来。他担心阿梅丽亚因为他而展开的这种深度探索。正是在和青年肤浅的轻薄和猛撞的混合中，他担心会感觉到这两个维度不能够共存，担心出现崩裂和闯入……什么？什么呢？是的，是的，他担心这个爆炸的混合物，这个 A（亦即：A-melia-阿梅丽亚）乘以 H＋K（亦即：Henia＋Karol-海妮亚和卡罗尔）。于是他夸拉下耳朵，夹起尾巴，不出声了，嘘——！而且达到很远的程度，在晚餐的时候（晚餐在一家人围坐下开始，利沃夫来的难民在楼上进餐）都为订婚的一对祝酒，全心全意祝他们万事如意。真是再恰当不过的了。遗憾的是，在这儿，他那个机制露出破绽：凭借这个机制，弗雷德里克越是要逃出，就越是要下沉——但是在这儿，情况出现得特别猛烈，甚至是戏剧性的。甚至他从桌旁站起，从我们大家当中猛地起身，都会引起烦人的震惊，玛丽亚夫人都没有来得及控制住自己而发出神经质的"哎哟"声——因为不知道他会说什么、能够说出什么话来。不过，起初的几句话倒还平稳、平常，夹着幽默感——他摇摆着餐巾，表示感谢他们以订婚的喜事给他这单身先生带来喜悦，还用几句现成的套话赞扬订婚的一对……而随着他的话语出口，让人听出他是话里有话，唉，就是这老一套！……最后，甚至连说话者本人也感到担心了，因为他的言说目的只在于把我们的注意力从在沉静中发出的话语转移到话语之外，这话语表达的是话语没有包含的东西。透过客气的套话，突显出他的存在本身，什么也不能够抹平表现出某种坚实的事实的脸面和目光——而他，因为感觉到自己正在变得可怕，因而感到自己不安全，所以，为了显得和蔼可亲，便彻底变样（头朝下，做倒立动作），发出和解的言辞，奢谈最高道德精神和最高天主教精神，关于"家庭是社会的细胞"，和"可尊敬的传统"。与此同时，他用自己那张抹掉了幻想的、难以避开的脸，打在阿梅丽亚和所有人的脸上。他这番"言论"的力量的确强大。这是我所听到过的最具摧毁力量的言论。可以看出来，这股附加的力量，次要的力量，像一匹骏马一样驮着说话人疾走奔驰！

他表示祝贺，结束发言。说了差不多下面的话：

"女士们，先生们，他们一定得到幸福，所以一定幸福。"

意思就是：

"我说话，是为了说话。"

阿梅丽亚夫人赶紧说：

"我们十分、十分感谢！"

大家碰杯的声音驱散了恐惧，阿梅丽亚极为优雅，专注于自己的祝福职责：谁还需要牛肉吗，需要伏特加吗……所有的人都开始说话，实际上是要听到自己的声音，因为大家都说话，气氛就活跃多了。奶酪点心摆出来了。晚餐结束的时候，阿梅丽亚夫人到食品储藏室，我们因为喝了伏特加话多起来，对这位少女说，在战前，在类似的场合，都吃什么，她错过了什么美食。卡罗尔露出和蔼而真诚的笑容，拿起空酒杯来。我注意到，阿梅丽亚从食品储藏室回来，坐在她那把椅子上，姿势很奇怪——她站在旁边，片刻之后，好像服从命令似的坐下——可是我还没有来得及想这个事，她就从椅子上滑到地板上，大家都霍地站了起来。都看见地板上的一摊血。厨房里传来女人们的尖叫声，接着，窗外传来放枪的声音，有人，大概是希波利特，把外套扔到灯上盖住。一下子黑了，又传来射击声。门猛地关上，阿梅丽亚被抬到长椅上，大家摸着黑穿梭奔忙……这时候，灯上的外套开始冒烟，大家立即扑灭，不知怎么突然安静了下来，大家竖耳静听，瓦茨拉夫把一支双筒枪塞进我手里，拉我去隔壁一间屋子的窗户前面：请您提高警惕！我看到了花园里有月光，寂静的夜晚，在对着窗户的树枝上，半干枯的树叶每过一会儿就摇摆一下银色的叶面。我紧握手中枪，注意察看有什么出现，从哪儿出现，是不是从树干交错、冒出湿气的地方出现。但是，树丛中只有麻雀跳动。后来终于传来了开门声响，有人大声说话，大家又开始说话，我这才明白，惊慌已经过去。

玛丽亚夫人出现在我身旁："您会治病吗？跟我来。她要死了。有人拿刀捅了她……您会治病吗？"

阿梅丽亚躺在长椅上，头靠着枕头。房间里人很多——有那一家难民和用人……这些人静静地伫立，让我感到害怕，他们都既无能又束手无策……这种无奈的神态常常出现在弗雷德里克的脸上……他离开了阿梅丽亚，众人也离开了她，让她自己对付终结吧。他们都尽心关照了。她的侧面轮廓寂然不动，酷似岩石，近处站着瓦茨拉夫、弗雷德里克和希波利特——都悄然站立……要过很长时间才死吗？地板上放着一个盆子，里面都是棉花和血污。但是，阿梅丽亚的躯体不是这间房屋里放着的唯一的躯体，在那边，在角落里的地板上，还有另外一个……我不知道那是什么，从哪儿来的，而且辨认不出来是谁躺在那儿，可是同时我心里却滋生出一种迷迷糊糊的感觉，觉得这很性感……有某种性感的东西搅在这里面……卡罗尔呢？卡罗尔到哪儿去了？他一只手扶着椅子站着呢，和大家一样，而海妮亚跪着，双手扶着沙发。所有的人都面向阿梅丽亚，竭尽全力，所以我不能更近一点，那边是那个多余的、不期而至的躯体。谁也没有挪动一下。可是都紧张地望着她，可以看出他们的问题是，她会怎样死去——一定是期待她死得比一般的死亡尊严得多，抱有这一期待的有她的儿子和希波利特夫妇、海妮亚，甚至还有弗雷德里克——他目不转睛地望着她。不可思议的是，他们都期待这样的一个人采取行动：她没有能力挪动，僵凝在无力之中，但是，在这儿，她是唯一被期待采取行动的人。这一点，她是知道的。希波利特夫人突然跑了出去，拿回来一个十字架，这像是针对临终者采取行动的号召，于是，期待的重担从我们的心上落地——现在我们已经知道，很快要开始了。玛丽亚夫人手持十字架站在长椅旁边。

这时候出了一件匪夷所思的事，尽管微妙细致，感觉却是突然的一击……垂死的夫人，双眼扫过十字架之后，转向了侧面的弗雷德里克，而且和他的目光结合在一起——真的是难以置信，谁也想不出来她竟会这样避开十字架——玛丽亚夫人手里的十字架竟变得可有可无——而避开十字架的目光却给阿梅丽亚盯住弗雷德里克的目光增添了力量。她的眼睛不放开他。可怜的弗雷德雷克，被垂死者的危险目光捕获，他浑身发僵，变得脸色苍白，几乎像站岗一样——她和他彼此在观望。玛丽亚夫人继续拿着十字架，但是，几分钟过去了，这个模糊的、派不上用处的十字架依然空置着。或者，对于这个女圣徒来说，在死亡之际，弗雷德里克变得比基督还重要吗？她当真爱上了他吗？但这不是爱情，这里涉及的是更具个人性质的因素，这个女人把他看成了审判者——她不甘心的是，在没有把他拉到身边，没有向他表明自己是和他一样"终极的"，作为现象，他们是同样基本的、本质的，同样重要的。她很看重他的见解。然而，她不是寻求基督对自己存在的承认和肯定，而是来找他，一个凡人，只因为他具有不寻常的意识，这已经是惊人的异教行为了，是为了生命而否认绝对者，承认世人而非上帝，这是人的裁判。也许在当时我没有清晰理解这一点，但是她的目光和活人结合一事，让我连打寒战，而玛丽亚手中的上帝的形象仍然没有受到注意。

她死亡的进程完全没有进展，在我们专注和等待的压力下，她死亡的进程每一个时刻都变得更紧张——是我们把自己的紧张感觉注入了她死亡进程的紧张。我很了解弗雷德里克，所以担心他在面对人的死亡这样特殊景象的时候，会经受不住而做出有失体统的事……但是，他伫立着，像是站岗，像是在教堂里，唯一可以指责他的是，隔一小段时间，他的目光就不由自主地离开阿梅丽亚，转向房间深处停放了另外一个让我觉得诡秘的躯体，从我所在的地方看不清楚；但是弗雷德雷克目光越来越频繁的转移终于迫使我下决心去察看……我接近了那个角落。我满目所见，令我何等地惊骇和激动：我看到了一个（男孩），他的单薄重复了（卡罗尔的）单薄，他仰卧在那里，还活着，而且体现出金发少年的金色美貌，又大又黑的眼睛，他的黝黑显现在垂落在地板上的手和赤脚上。

一个野性的、俘获人心的金发少年，赤脚，村里来的，但是散发出种种美色——魅力十足又肮脏的小上帝，在地板上表演了邪气的引诱。这个躯体吗？这个躯体？在这儿，这个躯体表示什么？为什么躺着？是啊……是卡罗尔的复制品，可是层次低一些……突然之间，在这个房间里，青春增长，不仅在数量上（因为二者为一，三者为另外的一），而且在质量上也有变化，变得更野性和低下。突然，好像作出回应似的，卡罗尔的躯体活跃起来，充满力量，强壮起来了，而海妮亚，虽然很虔诚，而且跪着，但是全部的洁白都坠入了和这两个少年罪孽而秘密的会合中了。同时，阿梅丽亚的死亡受到了扭曲，遭到了某种怀疑——有情况把她和这个乡下美貌少年掺合在一起，为什么这个（少年）在她死亡的时刻跟她搅和在一块儿呢？我明白了，她的死亡是在暧昧的状况下发生的，比乍看上去要暧昧得多……

弗雷德里克无意中把手插进裤兜里，却又骤然想起，把手缩回来，双手垂在躯体两侧。

瓦茨拉夫下跪。

玛丽亚夫人不倦地拿着十字架，因为其他的事做不了——又不能把十字架放在旁边。

阿梅丽亚的一个手指抖动一下，抬了起来，开始做手势……做手势，做手势……对弗雷德里克做手势，弗雷德里克走了过去，缓慢，小心翼翼。她又对着他的头做手势，弗雷德里克向她俯身，于是她冷不防大声说：

"请不要离开。您会看到。我要让您看到。一切。到最后。"

弗雷德里克鞠躬，后退。

这时候阿梅丽亚才注目于十字架，从时而出现在她嘴唇上的颤抖来看，她大概开始祷告——接着就是，也应该是：十字架，她的祷告，我们的专注——这延续了很长时间；这些没有终结的祷告者，这些不能脱离这十字架的，测量他们热忱的唯一尺度是度过时间。这静止不动、几乎死亡了却依然抖动的专注精神还在延续，增加了她的神圣品格；而瓦茨拉夫、希波利特夫妇、海妮亚和仆人们，都跪着陪伴她。弗雷德里克也跪下了。但这是徒劳的。因为虽然情况如此，虽然她沉迷于十字架，她依然要求他看到一切。她为什么要这样呢？要凭去世之前的些微力量令他皈依吗？要对他展示怎样按天主教的方式死去吗？无论她要求什么，都是弗雷德里克而非上帝，才是她临终的欲求；如果她向基督祷告，那也是为了弗雷德里克；即使他跪下，也改变不了她，依然是他而非基督，正在变成最高的裁判和上帝，因为死亡是为了他。多么扑朔迷离的场面啊——他用双手遮住脸，我一点也不感到奇怪。而且时间一分钟一分钟地过去，我们都知道，她的生命也随着每一分钟而减少——但是，她不断延长祷告，就是为了要振作自己，把弦拉紧，直到最后。她的手指头又伸出来，开始做手势，这一次是对儿子。瓦茨拉夫走了过去，搂着海妮亚。她手指直指着他们，紧急地说：

"赶快发誓，现在……爱，忠诚。快。"

他们把头放在她手上，海妮亚一下子哭了。但是，她的手指头重又抬起，做手势，现在是对着躺着……的角落的方向……于是众人活动起来。把他抬了过来——我看到，他受伤了，我觉得是在大腿上——把他抬到她面前。她的嘴唇嚅动，我想，到最后我一定能够得知，为什么他在这儿和她在一起，这个（少年），也在流血，在他们之间……但是她忽然喘息了一次，又一次，惨白得毫无血色。玛丽亚夫人举起十字架。阿梅丽亚夫人眼睛盯住弗雷德里克，溘然长逝。

第二部

八

　　弗雷德里克从跪姿站立起来，走到房屋中间："向她表示致敬！"他大呼。"表示哀悼！"于是他从花瓶里拔出玫瑰，放在她前面，然后向瓦茨拉夫伸出一只手："她的灵魂应该得到天使的颂歌！我们只能低头行礼！"这样的话，放在我们谁的嘴里都显得跟演戏一样，更不要说姿势了，但是，他用这些话威风凛凛地命令我们，像国王一样，国王可以抒发激情——国王可以规定随意发挥的高于一般人的权利。国君就是礼仪大臣！瓦茨拉夫被这一激情的权威扫过，急忙从跪姿站起，和他热情握手。看起来，弗雷德里克管闲事的目的在于清除全部这些奇怪的有损于死者的失礼行为，要为死者恢复荣光。他向左迈出几步，又向右迈出几步——这是在我们当中显示激动心情的奔驰——然后走近仰卧的（少年）。"跪下！"他命令。"跪下"这个命令一方面是前面那个命令的自然延续；但是，从另一方面看，又造成一个难堪的局面，因为这关系到不能稍动一下的伤者；而且这个难堪的局面变得越加严重，因为瓦茨拉夫、希波利特和卡罗尔被弗雷德里克的威权吓怕了，就赶快奔去，要把（少年）抬下来，让他下跪。是啊，这实在是太过分了！在卡罗尔的双手加在他的双臂下面的时候，弗雷德里克慌了，不出声了，安静了下来。

我感到震惊，筋疲力竭……出了这么多的事……但是，我算已经认识了他了……而且知道，他又在跟我们以及跟他自己戏耍……在这一具尸体所制造出来的紧张气氛中，他的某种行动也逐渐显露出来，其目的却包含在他的想象之中，一切都有意图，虽然连他自己也不确知意图到底是什么，也许可以说，他只知道意图的初稿——可是，如果说这里关系到对阿梅丽亚的崇敬，我就觉得奇怪了，不对啊，这里关系到的是深藏在如此剧烈的令人蒙羞意念中的这个人，关系到把他"深挖出来"，凸显出来，和海妮亚与卡罗尔"联系起来"。然而，在他们之间，可能形成什么样的联系呢？这金色的野性自然是适合于我们的这一对的，因为也是十六岁嘛，但是，除此之外，我就看不到其他什么联系了，而且我想，弗雷德里克也没有看到——但是他是摸黑行动的，受到不清晰感觉的刺激，和我一样，就是说，这个躺着的男人激励了他们——把他们妖魔化……因此，弗雷德里克为这躺着的男人打通了通往他们的道路。

直到第二天（一天都挤满了葬礼的准备事项），我才比较确切地知道了这些灾难性事件的经过——极为复杂、怪异，令人谈虎色变。重建这些事实很不容易，其中有许多令人惋惜的空白——而且，仅有的几个见证人，尤其是尤泽克，尤泽克·斯库加克，还有老女仆瓦莱莉娅，都迷失在他们自己本来就不清楚又没有受过教育的脑袋的混乱中了。各种线索都归结到一处：阿梅丽亚夫人到食品储藏室，听见通往厨房的楼梯上有脚步声，于是碰到了这个尤泽克，他正悄悄溜进来要偷点东西走。听见她的脚步声，他躲进旁边第一个门，那是用人的小房间，惊醒了熟睡中的瓦莱莉娅；她划着了一根火柴。以后的细节听她啰里啰嗦的叙述就可以知道了："我刚划着火柴，就瞧见有一个人站着，我吓得发呆，身子都动不了了，火柴在手上快灭了，手指头都给烧疼了。东家老太太站在他对面，在门口，也是一动不动的。火柴灭了。什么也看不见了，窗户有窗帘挡着，我躺着，看着，什么也看不见，到处都黑黑的，连地板也不吱扭一声儿，看不见，看不见，好像没有他们这两个人似的，我只有把自己托付给上帝，什么都看不见，安静极了，我瞧了地板一眼，火柴棒还有一点儿亮，可是照不到什么东西，快烧完了，什么也没有，连出气的声儿都没有，没有，就是没有。忽然……（她的话给噎住了，好像遇到了横着滚过来的大木头）……忽然……怪了去了……东家太太呼啦一下子扑到他身上……大概是扑到他脚下……一定是扑过去了……都倒在地上了！……我不知道怎么回事，上帝保佑吧，谁也没有出声骂一句，没有，没有，就是在地板上滚呀打呀，我想帮助太太，哪儿办得到呢，头都昏了，忽然听见刀捅进肉的声音，一刀，两刀，又听见刀捅进肉的声音，后来两个人都跑到了门外，就这些！我就晕过去了！晕过去了哟！"

"不可能！"瓦茨拉夫急着评论她的描述，"这根本就不可能！我不信我母亲……会这样！这个婆子蠢得愚昧，把事情搅糊涂，胡说八道，不如母鸡叫唤，"他吼起来，"不如母鸡叫唤！"

他说着，用手抹了抹脑门子。

但是斯库加克的证词和瓦莱莉娅说的话一致：太太扑上去，"扳倒了"他，因为扑到了他脚下。她拿着一把刀。他不仅指出自己身侧和大腿的刀伤，而且还有脖子上和他两只手上牙咬的痕迹。他说："她用牙咬了。我夺过刀来，是她撞在刀尖上，我立刻躲开，跑了，农庄管事冲我开枪，我腿一软，就坐在地上……他们抓住了我。"

阿梅丽亚"撞在"刀尖上，这话是谁也不信的。弗雷德里克说："骗人。至于咬痕嘛，我的上帝啊，在生存斗争中，在和武装歹徒（因为拿刀的不是她，而是那个赖小子）的惊慌斗争中……慌了……没有什么可奇怪的。本能，您知道，自卫的本能……"这是他的话。可是这一切至少是很奇怪的……令人诧异……阿梅丽亚夫人咬人……至于那把刀，那就很清楚了，因为，很明白的是，刀是瓦莱莉娅的，厨房里一把又长又快的刀，她切面包用的。这把刀原来就放在她床边的一张小桌上，阿梅丽亚正巧站在那儿。所以可能推论出来，她摸黑抓住了刀，向他扑去……

要谋杀阿梅丽亚的凶手是赤脚的，两只脚发黑，他全身发出两种有点普通的颜色——垂在黑眼睛上的金色发卷；眼睛里神情忧郁，像树林里的水洼一样。这两种颜色由于他的皓齿优雅净洁地闪亮而得以加强，那皓齿的白洁把他和……结合在一起……

那又有什么？又怎么样？就是说，阿梅丽亚夫人和这个

（小子）钻进了一间小黑屋子里，处在紧张的预期之中，她忍受不下去就……就……用手指头摸到了那把刀。摸到了以后就露出野性。扑了过去杀他，两个人都倒下后，她就疯狂乱咬。她？凭她的圣徒气质？以她这一把年纪？她这样德高望重的？这是在厨娘和小长工那昏迷脑瓜里头滋生出来的幻想，是配合他们那种人的粗野传说，是对于黑暗中发生的、正好无法确定的事作出的胡乱编造，难道不是这样的吗？那个小房间的黑暗因为这些混入想象里的黑暗而加倍——瓦茨拉夫被这双重的黑暗重重包围并击溃，已经到了束手无策的地步，这些流言蜚语对他母亲的虐杀比那把刀还厉害，把她毒害，毁掉了她的人格——他不知道怎样挽救她，消除她的愤怒，这愤怒是用牙齿咬刻在这十六岁少年身上、用刀在他身上割出来的。对于瓦茨拉夫来说，这样的死亡把她的生命撕成了碎块。弗雷德里克竭尽全力鼓励他振作精神。"不能听信他们的作证，"他说，"首先，他们什么也没有看见，因为漆黑一团。其次，这根本不像是您母亲的作为，不适合她——我们只能说一个情况，但是我们可以绝对肯定地说，像他们所说的那样的事，是不可能的，一定是另一个样子，在漆黑一团中，他们什么也看不见，换了我们也一样……这是实情，没有疑问……虽然，如果在漆黑一团中，是自然的……（"是什么？是什么？"瓦茨拉夫见他吞吞吐吐的，追问道）……就是……是啊，漆黑一团，您认为，黑暗是某种……要把人推出去……必须牢记，人生活在世界上。在黑暗里，世界要消失的。您知道，周围什么也没有，人只能保存自己。您当然知道。我们自然都已经习惯，每一次灯一灭，就是黑暗，但是，这不排除，在某些情况下，黑暗能够令我们盲目，您知道……但是，即使在这样的黑暗中，阿梅丽亚夫人也依然还是阿梅丽亚夫人，这不是明摆着的吗？虽然在这一事例中，黑暗包含了某种东西……（"什么东西？"瓦茨拉夫说，"请您说明白！"）……没什么，没什么，愚蠢，荒唐……（"怎么说呢？"）……没什么，只不过……这个野小子很小，村里的，也许不识字……（"不识字又怎么样？"）……没什么，没什么，我不过是想说，在这个事例中，黑暗包裹了少年……包裹了光着脚的小子……对付少年容易一些，比对……就是说，如果是年龄大一点的话，那就……（"就怎么样?!"）……我想说，对付少年容易些，容易些——摸着黑——对付少年容易做出那样的事情，比对成年人容易。而且……"

"您别老跟我打岔!"他呼吼了,真的感到惊恐了,脑门子冒出汗来。"这只是在……理论上……但是您母亲……唉,不对,荒唐,不可能,无聊!对不对呀,卡罗尔?是吧,卡罗尔?"

他为什么又扯上卡罗尔呢?如果他感到恐惧,为什么还扯上他?但是,他属于那些把狼从森林里呼叫出来的人,却因为他们不想呼叫——是惧怕本身在诱惑,在放大,在创造。一旦创造出来,就不能不和它周旋,不能不跟着它发狂。他的意识因此而狂暴,不可预计,他自己就感觉不到意识的光辉,而只感觉到意识的黑暗——意识之于他,变成盲目的自然元素,像本能一样,他不信赖意识,感觉受到意识的威压,不知道会把他引向何方。他是一个拙劣的心理学家,智力和想象力太多——在他对人的扩展开来的观察中可以容纳一切——所以连阿梅丽亚夫人他也能够想象得出来陷入千奇百怪的局面中。下午,瓦茨拉夫出门"和警察谈问题",就是说,用更大的贿赂中止他们的调查活动——因为警察局如果掺和进来,不知道会勾出什么结果。葬礼在次日清早举行——很简短,甚至显得草率。次日,我们返回波乌尔纳,瓦茨拉夫和我们同行,家园托付给了上帝保佑。我不感到诧异，我明白，他不愿意和海妮亚分开。女士们、希波利特和瓦茨拉夫乘第一辆车走，卡罗尔赶第二辆车，乘这辆马车的有我、弗雷德里克，还有一个人：尤泽克。

我们带上他，因为不知道怎样处置他。放了他吗？他是杀人犯啊。而且，瓦茨拉夫是无论如何不会放他走的，因为这个人命案还没有清理，不能就这样搁下……还有，首先，他还抱着这样一个希望：从他嘴里得出另外一个版本的案情，要体面一点，不让母亲再遭受飞短流长。所以，在我们这辆车前排座位的前面底板上铺了麦秸，让这个未成年的金发凶犯躺着，卡罗尔驾车脚底下就是这个小子，所以他斜着坐着，把脚支在三角板上。弗雷德里克和我坐在后面。在不断的时起时伏的田野道路上，马车时而爬坡时而下坡，土地时隐时现，两匹马在燥热的庄稼气味和尘土中缓行。弗雷德里克坐在后面，前面有这两个小子，是这样而不是别样的组合——而我们这四个人，坐在这么一辆马车里，时而上坡时而下坡，也构成了组合，有意思的排列，奇异的对位……随着马车在沉默中行进，我们形成的这个组合变得越来越拘束。卡罗尔的谦虚无以复加，他的少年意气在这样悲惨的时间打击下因为失去平衡而消沉，所以默不作声，却十分善良和温顺……甚至还打出一个黑领带来。而他们两个人，在弗雷德里克和我前面，在半米以外的前排座位处。我们四个人乘马车旅行。马匹慢跑。弗雷德里克的脸必定得朝着他们——那么，在他们身上，他看到了什么呢？这两个同龄少年的形体似乎就是一个形体，他们孪生兄弟般相近的年龄把他们密切联系在一起了。但是卡罗尔高高在上坐在他的上方，拉着缰绳拿着鞭子，穿了皮鞋，裤腿高高卷起——他们两个人之间既没有友情，也互不理解。更可以说是少年对待少年的强横态度，不友好的和甚至敌对的生硬，少年彼此之间都是抱有这样的心理的。还可以看出，卡罗尔属于我们——弗雷德里克和我，和我们在一起，我们和他同属一个阶级，反对他所提防着的草根阶层的少年。但是，他们就在我们前面，马车走沙土路要走好几个小时（路有时候变宽，成了大路，但是很快就被两面的石灰石斜坡夹起来），他们两个人在我们的眼前，这个处境发挥了创造的作用，确立了他们之间的关系……而在远处，另一辆车出现在坡地上，那是她——那个未婚妻乘坐的车。这辆车出现又消失，却不让我们忘记它，有时候好长时间不见，却又连连出现——长方形的地块和带状的草地时时织入我们的行程，交叉进来，又纷纷散去——这是沉溺在宽阔景色中的几何形状，单调，跳动，徐缓；而弗雷德里克一张脸的侧影就悬挂在这个形状之中，他这侧影还靠近我的侧影。他想什么呢？想什么呢？我们的马车走在那辆车后面，在追赶它呢。卡罗尔的脚下躺着另一个小子，黑眼睛，一头金发，光着脚，没有洗脸；卡罗尔好像经历了化学变化，正在追赶那辆车，像一颗星星追赶另一颗星星，但是现在有了伙伴——显示出伙伴的态度——从下面联结在一起，好像用手铐铐在一起了，以自己内心的那个少年和这个少年联系在一起，十分亲密，所以，如果他们一起吃樱桃或者苹果，我一点也不会感到惊奇。马车在走。马慢步跑。是的，弗雷德里克现在肯定是这样想象的——或者，他可能想象着我是这么想象的——他的侧影靠着我的侧影，我也不知道，我俩之中是谁开始这样想象的。但是，车在旷野里驶过几个钟头之后，我们最后到了波乌尔纳，这两个伙伴已经是"为海妮亚走到一起"，因为她而联系起来，因为跟随她，坐在我们前面旅行几个小时而互相熟悉起来。

我们把这个囚徒锁在一间空空的储藏室里，窗户上有铁栅栏。他受的伤都不太重——本来他可以逃跑的。我们都累得浑身酸疼，倒在床上大睡，睡了一宿和整个早上，醒来的时候有一股捉摸不定的印象，像绕着鼻子转的苍蝇一样，讨厌得很。我没办法抓住这个嗡嗡嗡的苍蝇，它绕着圈子逃跑——这是什么苍蝇啊？早餐前，我就觉得，在我和希波利特提起刚刚过去的事件的一些细节时，他的回话里可以听出几乎捕捉不到的语气变化——倒也不是说他待我态度有生硬之感，而是似乎有某种傲慢和骄傲，给人轻视或厌腻之感，或者他遇到了更大的麻烦。这次谋杀带来的麻烦吗？后来，我在瓦茨拉夫的声音中察觉到——不知道怎么说好——某种冷淡，几分骄傲的意思。骄傲吗？为什么骄傲？语气的变化虽然微妙，却也让人感觉不适，因为在死了人以后刚两天，瓦茨拉夫怎么能够翘起鼻子小看人呢？——我这变得敏感的神经立即带来怀疑，亦即，在我们的天空上生成了另一个压力中心，又刮起了另一股风——但是，到底是什么风？有什么东西发生了变化。方向变了。直到傍晚，这些忧虑才露出更明显的形体，因为我看见了希波利特穿过餐厅，一面轻声絮叨："糟糕，真是糟糕！"接着，坐在椅子上，无精打采……又站起来，吩咐备马，出去了。现在我知道了，又出了事，但是我不愿意细问，只是到了晚上，见弗雷德里克和瓦茨拉夫在院子里散步谈话，我才凑过去，心想也许能探听出来又冒出什么事来了。什么也没有。他们又说起前天死人的事——还是原来的语调——那是知心的谈话，压低了声音。弗雷德里克低着头，眼睛直盯着自己的皮鞋，又在琢磨这个杀人案子，考虑、衡量、分析、寻找……却把瓦茨拉夫惹得烦了，他开始保护自己，请求让他歇息一会儿，还暗示这样做不通人情！"什么？"弗雷德里克说。"您这话什么意思啊？"瓦茨拉夫请求原谅。事件刚刚过去，他还没有习惯，还不能把握，虽然明白，却也还接受不了——太突然、太可怕了！而弗雷德里克还扑向她的灵魂，像老鹰一样。

虽然这个比喻太高雅了。但是显然可以看到，他是扑下来的，而且是从高处扑下来。在他的话里，既没有安慰，也没有同情，而是相反，包含了要求，让儿子喝完母亲去世之苦杯里最后的一滴酒。就像天主教徒一分钟一分钟地感受基督的受难地各各他。他宣告，他不是天主教徒。他甚至没有所谓的道德原则。他不讲道德。所以，您会问（他说），我以什么名义要求您，请您喝完最后的一滴？我的回答是，仅仅是、是以进化的名义，唯一的名义。人是什么？没有人知道。人是一个谜（这句老生常谈的话时常出现在他嘴里，像是一种羞耻和讽刺，像是疼痛——是天使的和恶魔的深渊，比镜子更像深渊）。但是，我们必须（这个"必须"是私密和戏剧性的）越来越充分地感受生命。您知道，这是不可避免的。这是我们的进化的必然性。我们注定要进化。这条法则既在人类历史上也在个人的历史中实现。请您看看儿童。儿童是开始，儿童是没有的，儿童是儿童，是起始、开端……而青年人（他几乎是吐出了这个词）……知道什么？能够意识到什么……他……这个胚胎？而我们呢？

"我们？"他高声喊，"我们？"

他又随意地说：

"我和您母亲互相之间得到迅速和深刻的理解。不是因为她是天主教徒，而是因为她服从于严肃精神的内在指令……您知道……她完全不是轻率的……"

他瞥了一下瓦茨拉夫的眼睛——瓦茨拉夫还没有遇到过这样的事，所以感到十分困窘，但是他不敢用目光回敬他。

"她触及了……核心。"

"我该怎么办呢？"瓦茨拉夫举起双手呼喊，"我该怎么办呢？"

如果是和另外一个人谈话，他是不会允许自己这样呼喊和举起双手的。弗雷德里克抓住他的胳膊，向前拉他，另一只手的手指头指向前方。"人必须担当得起任务的份量！"他说，"您可以随心所欲。但是在严肃的程度上……也不能稍有降低。"

严肃性是成熟不可或缺的至高要求——绝不可稍有放松——必须坚持寻找事物核心的目光，任何因素也不得减弱其力度，哪怕一瞬间……瓦茨拉夫不知道应该怎样防备这样的严肃性——这是真正的严肃啊。如果不是这样的严肃性，他可能会怀疑这一行为的严肃性质以及这个手势的诚实性，因为这个手势显露出某种激动……但是，这出戏得以上演是藉由一项严峻召唤的名义：要承担并履行意识的最高职责——在瓦茨拉夫眼里，这一点使得弗雷德里克不可拒绝。瓦茨拉夫的天主教是本能和无神论的野蛮妥协的——信教的人都认为无神论野蛮——在他看来，弗雷德里克的世界是混乱，缺少统治者，因而缺少法律，却只充斥了人不受控制的任意妄为……但是，天主教徒不能不尊重即使出现在野蛮人嘴里的道德律令。而且，瓦茨拉夫战战兢兢地想到，但愿母亲的死不要毫无意义——他不配承担这样的重大事件，以及自己的爱情和崇敬——而且，他惧怕自己的平庸甚于惧怕弗雷德里克的无神论，因为这样的平庸把他变成了"带着精致梳子"的律师。所以他依附弗雷德里克坚定的优越感，在这一优越感里寻找支持，啊，不管怎样，不管和谁一起，都要来感受这一死亡经历。度过死亡的震惊！从中攫取出一切！为此，他需要潜入事物核心的野性目光，需要度过死亡感受那特殊的令人畏惧的坚韧。

"可是我怎么处置这个斯库加克呢？"他大喊，"谁来判决他？谁控告他？我们有权利把他关起来吗？没有把他交给警察，很好，那样不好，但是也不能把他永远圈在这个储藏室里呀！"

次日，他又和希波利特谈起这件事，但只见他挥了一下手："不值得操这份心！用不着为他伤脑筋！圈在贮藏室里，要么交给警察，要么鞭子抽他一顿放他走！都一样！"但是瓦茨拉夫试着解释说，他是杀了他母亲的凶手，这时希波利特发火了："什么凶手！凶手？是一坨马粪，不是凶手！你们要怎么办就怎么办，甭来麻烦我，我想着别的事呢。"他干脆不愿意听到这件事，给人的印象是，这整个杀人事件只是从一方面来说对于他是重要的——就是阿梅丽亚的遗体——而另一方面，也就是这个凶手，则无关紧要。而且，显然，他心里怀有某种忧虑。弗雷德里克站在炉子旁边，忽然受到触动，挪动了一下，好像有话要说，但是仅仅嗫嚅："嘻！……"没有大声。轻声叹息。因为我们没有准备听他轻声出言，所以这声音显得比弗雷德里克大声说话的声音还大——嗫嚅的人站在那儿，而我们却等着他再说出什么话来。瓦茨拉夫已经学会观察弗雷德里克最细小的变化，于是他问道："怎么回事，您怎么啦？"被问的这位环顾房间。

"嗯，是的，对于这样的人，反正都一样……想怎么办都行……怎么办都行……"

"哪样的？"希波利特无名火起，"这样的是哪样的？"

弗雷德里克有点难堪，赶快解释：

"这样的，是嘛，都知道是哪样的啊！就是他——反正一样。怎么办都行。谁想怎么办都行。"

"慢着，慢着。您说的是我母亲。"瓦茨拉夫突然插嘴，"我母亲可能把他……用刀……因为……"他不知该说什么好。弗雷德里克已经感到十分不安："没什么，没什么，我不过这样……咱们不说这个了！"

这不是做戏吗！显然看出了他做戏的破绽，他倒一直也不掩饰。但是也可以看出来，他付出了多大的代价，因为他的脸的确变得煞白，因为破绽而浑身哆嗦。在我看来，至少可以确认的是，他竭尽全力要赋予这起杀人事件和这个杀人凶手某种激烈的性质——但是也许他并没有竭力，也许这必然性比他更强烈，他因为屈服于这必然性而恐惧得脸色煞白。这肯定是做戏——但是这出戏创造了他，也创造了这场景。结果，每个人都觉得有几分不舒服。希波利特转身走了，瓦茨拉夫沉默不语。但是，这个演员发出的打击触及了所有的人，尤泽克在贮藏室里情况变得越来越严重，整个的气氛似乎都被一种不可理解的特殊意图毒化（我知道是针对谁，谁是目标）。每天晚上得给尤泽克洗伤口，由弗雷德里克办理，他懂得一点护理——有卡罗尔帮助。海妮亚举着灯。这又是既有意义、又令人降格的行动，因为他们三个人都俯身在他上面，每个人手里都拿着令他们弯腰的东西，弗雷德里克拿着药棉，卡罗尔拿着一个盆子和一瓶酒精，海妮亚举着灯；但是他们三个人对着他受伤的大腿俯身观察的做法却脱离了他们手里的物件，这仅仅是观看了。有灯照着。然后，瓦茨拉夫和他关在那儿，盘问他——时而和蔼地，时而威胁他——但是这个小子的卑微和愚昧，连同他乡下出身，使得他像个木头人，他一再重复同样的话，太太扑到他身上，咬他，他能怎么办呢？在习惯了对他的盘问之后，他的回答也熟练了。

"太太咬我。有牙印。"

瓦茨拉夫审问完毕回来，筋疲力竭，好像生了一场大病似的，海妮亚坐在他身旁，跟他作伴，静静地，忠实地……卡罗尔忙着准备晚餐，或者浏览旧杂志……我看她的时候，竭力想看到她"和卡罗尔在一起"，我揉了揉眼睛，却辨认不出能够引起我激动的兴奋场面——我也就去除了自己的狂劲。他俩之间什么也没有，没有，没有！她不过是和瓦茨拉夫在一起！可是跟他在一起，她还是贪得无厌！胃口太大了啊！多么可怕的欲望啊！她贪婪地靠在他身上，倒像一个男人往一个小丫头身上靠似的！请原谅，我没有什么恶意，我只是想说，她以毫不节制的淫荡态度豪夺他的精神——夺取他的良知，让他的荣誉、责任心、尊严和与此相连的全部痛苦都成为她贪婪欲求的目标，她贪图享受他身上全部的老气，以至于他的秃顶对她的诱惑力超过了他的小胡子！但是，这一切，当然，她都是被动接受的——她就是贪图他的老气，偎依着他，陪伴着他。依从一只哆哆嗦嗦的、已经不柔软的男人大粗手抚摸——她也在寻求配合这横死的严肃态度；这一死亡事件超过了她少女躯体上的嫩弱承受力，所以她要攀附他人的成熟力量。真是受到了诅咒！就是说，她不去和卡罗尔风光体面（她做得到啊），而是缠住了这个律师，和他犯贱，欣赏他半老的丑陋！律师倒是感激她，轻轻摸她的耳朵。灯亮着。这样过了几天。一天下午，希波利特告诉我们，另有一位客人来访，谢缅先生……还一面细心察看手指甲，一面嘟囔："来访。"

又揉了揉眼睛。

我们接受了这个消息，没有问不必要的问题。他话音里听天由命的语气并没有掩饰一个情况：这个"访问"的背后撒开了一张大网，把我们大家都收拢在一起，但是立即又把大家变成陌生人——这是一个密谋。每个人都只能说被允许说的话——剩下的就是痛苦又压抑的沉默，或者心照不宣的猜测。但是，无论如何，一种可知可感的威胁渐渐形成，在卢达的悲惨事件后，这几天从远处搅扰我们大家共同的情绪，这个重担，这个压迫我们的重担，从最近的过去渐渐挪动，直接潜入危险的未来。傍晚有雨，从一阵一阵瓢泼大雨变成了淅沥淅沥下了一整夜的小雨——在这样的傍晚，一辆单马带篷马车来到，于是在前厅半开的门前出现一位身材高大、披着斗篷的先生，手里拿着宽边帽子，希波利特拿着灯在前面引导上楼梯，到楼上为他准备好的房间。一阵大风刮来，几乎吹掉了希波利特手里的灯，门啪的关上了。我认出他来。是的，我一看就辨别了出来，虽然他不认识我——我突然觉得，在这所住宅里，就好像掉在陷阱里一样。我曾偶然地得知，这位先生是地下活动的一个领袖，有不止一次出色勇敢作为的记录，被德国人通缉……是的，就是他，如果是他的话，那么，他的到来就是一种鲁莽，我们大家的命运取决于他的好运或者厄运，勇敢不仅是他个人的事，他如果面临危险，也会把我们拉进危险——而且，他如果需要什么，我们是不能拒绝的。因为我们的民族把我们团结了起来，我们都是同志和兄弟——只不过这兄弟关系冷得像冰一样，在这儿，每一个人都是其他每一个人的工具，为了共同的目标，每个人都可以最无情地使用其他每个人。

所以，这个人近在眼前，却又极为陌生，从面前走过去，就像一种严重的威胁，从此以后，事事要警惕，事事得掩饰。他带来的危险我都熟悉，但是我摆脱不了整个场面制造出来的反感——行动、地下活动、领袖、密谋——都好像来自一本拙劣的小说，像低俗的青年梦想得到了迟到的实现——我的的确确情愿拿任何什么东西充当车轮，而绝对不允许这一点，因为在这个时刻，所谓民族和与其关联的全部形形色色的浪漫主义理想，对我来说，都是不堪忍受的杂碎，好像故意恶意地编造出来的！但是，命运给予我们的赠予，是不能蹙眉不快或者拒不接纳的。"领导"来晚餐的时候，我见到了他。看着像是一个军官——实际上也是，骑兵队军官，东部地区人，大概是从乌克兰来的，过了四十岁，因为刮了胡子和皮肤干燥，脸色发青，文雅，甚至潇洒。和所有的人打招呼——可以看出来，不是第一次来做客——亲吻女士们的小手。"是啊，已经听说了，真是不幸！华沙来的两位先生呢？……"他间或闭起眼睛片刻，像长时间乘火车旅行的人……他被安排在远处一点的座位，显然到这儿来的身份是技术员，或者家畜检查或者作物播种计划官员——为防备仆人，这是必要的。至于我们这些坐在餐桌旁边的人，立即就可以看出，大家多少都有些听闻——虽然餐桌上的谈话都是有一句没一句的，漫不经心。但是，在桌子的末端出现了奇异的事，正是卡罗尔，是的，我们（年轻的）卡罗尔；来客的出场令他进入自愿服从和急切做好准备的紧张状态，——满怀忠诚、精神振奋，突然邻近死亡险境，是一个游击队员、士兵、密谋者，一股杀戮的、寂静的力量在双手和肩膀里潜伏，像狗一样忠实，随时服从召唤，顺从而灵活，技术手段高超。而且不是他一个人。我不知道，是不是因为他，但是刚才还令人烦闷的那股迷蒙懒散气息，已经突然振作起来，我们大家都认识到了现实情况和集体的力量，在这一张桌子周围，我们像一支待命的小分队一样，随时准备行动和斗争。密谋、行动、敌人……变成了比日常生活更强的真实，这儿似乎吹进了一股清新的风，海妮亚和卡罗尔的招人讨厌的格格不入脾气消失了，大家都感到是亲密的同志。然而，这种兄弟情谊却不纯洁！不……这是折磨人的，甚至讨厌的！在这样的战斗里，我们这些老的不是已经有点可笑、有点丑陋了吗——就像老年人谈恋爱似的——这还适合于我们、适合于希波利特的嘟囔、弗雷德里克的干瘦和玛丽亚夫人的瘦弱吗？我们组成的这个支队，是预备役支队，这个支队是衰败中的支队——在斗争中和热情奔放中，忧郁、不情愿、厌烦、怨恨等情绪笼罩着我们这个支队。有时候我觉得很畅快，因为，尽管如此，兄弟情谊和热情还是存在的。有时候我很想呼吁卡罗尔和海妮亚，嘿，你们独自行动吧，别跟我们掺和在一起，躲开我们的污秽，躲开我们的闹剧！但是他们（包括她）贴住了我们——挤在我们身上——愿意和我们在一起——向我们投诚，接受命令，准备和我们一起，为了我们，代替我们，听从领导的指挥。整个晚餐时候，一直就是这个观感。感觉就是这样。是我有这样的感觉呢，还是弗雷德里克？

有谁知道可能是人类最黑暗的——也是最难解的——秘密之一：这个秘密涉及年龄的"结合"，即：青年突然变得老年可以接受和反之亦然过程的方法和方式。这个谜的答案是一位军官，因为是军官，所以倾向于士兵，而且是年轻的……更加有力地突出了这一点的是，在晚餐后，弗雷德里克建议谢缅察看一下贮藏室里的凶手。至于我，我不相信这个建议是偶然的，我知道，贮藏室里关着的年轻凶手尤泽克在卡罗尔投靠了军官之后变成了累赘。我们到那儿去了：谢缅、弗雷德里克、我、海妮亚，还有掌灯的卡罗尔。在安装了铁栏的小屋里的麦秆堆上，他躺着——蜷着腿、正在睡觉——我们站在旁边的时候，他动了一下，睡梦中用手揉了揉眼睛。小孩子的模样。卡罗尔用灯照了照他。谢缅做手势，不要惊醒他。他细看了他一下，这个杀害阿梅丽亚的凶手，但是卡罗尔照亮他，不是把他当作凶手——而似乎是向领导展示——与其说年轻的凶手，不如说是年轻的士兵——似乎当他是伙伴来展示。照亮他，几乎当他是一个新兵，好像是在招募……海妮亚站在他旁边，瞧着他把他照亮。我强烈地觉得，这是奇特的事，从一切方面看，都值得注意，这是一个士兵为军官照亮一个士兵——这个做法是士兵们之间的同伴和兄弟情谊，但也是交出猎物的残酷做法。我觉得更有意义的是，这是年轻人为老年人照亮年轻人——虽然我不太明白这其中到底有什么意义……

在这间有铁栏的贮藏室里，在这盏灯周围和这盏灯的光线中，他们三个人经历了沉默的爆发，寂静爆发的含义未知、隐蔽、急切。谢缅微妙地扫了他们一眼，在瞬间之内，但是时间足够我察觉，他对这样的情况不是完全陌生的。

九

　　我是否已经提及，有四个被长满青浮草的壕沟分开的小岛构成了水池的延伸部分？壕沟上面都铺设了小桥。花园尽头的一条小径在榛子树、茉莉花和侧柏树丛中间曲折蜿蜒，让人在陆地上走过这个长年有水的湿淋淋的群岛。往那儿走的时候，我想象着这几个小岛彼此是不一样的……为什么呢？……印象是瞬时的，但是花园已经被卷入这场游戏，所以我不能够忽视这个印象。不过……没什么。这个小岛的丛林寂静无声。天气炎热，下午茶时分，壕沟几乎干涸，灰泥浆的皮壳发亮，带着几个绿眼睛似的水洼——岸边长满了芦苇。在我们所处的环境里，一切不同一般的提防都必须立即检查，所以我到了对岸，小岛上热气蒸腾，这儿的草长得又密又高，还净是蚂蚁窝，而头上的树冠也以自己封闭的样式高耸。我扒着走过了草丛……哟，等等！等等！没想到的发现！

　　那儿有一张长椅子。她坐在椅子上面，但是她的腿可不同寻常——一只脚穿着鞋和长袜子，另一只露着，一直到膝盖上面……更加让人诧异的是，他躺着，躺在她前面，在草地上，也露出一条腿，裤腿卷到了膝盖上方。他的一只鞋在旁边，袜子在鞋里面。她的脸和眼睛都对着侧面。他没有看着她，头在草地上，一条胳膊围着头。这太不符合他们的自然节奏了，所以的确令人震惊：他们僵凝在那儿，纹丝不动，好像不是他们的……那腿露得也透着奇怪，都是两条露一条，在憋闷炎热的湿气里，那肉体闪闪发亮，只有青蛙跳进水里的声音间或打破沉闷。他光着一只脚，她也光着一只脚。也许，他们淌水了……不对，不对，还有更多的事呢，没法子解释……他光着一只脚，她也光着一只脚。她的脚稍微动了一下，又伸了伸。她的脚放在他的脚上了。没有别的。

我瞧着他们。忽然我全部的愚蠢都一览无余。哎哟，哟！我跟弗雷德里克怎么能够这么天真——认为在他们之间"什么事也没有"……被表面现象迷惑！眼前就是明明白白的否定，当头一棒！就是说，他们经常在这儿，在这个小岛上幽会……原来有巨大的、充满力量的欢呼声在寂静中从这个地方发出——他们的接触没有动作，没有声音，甚至无需目光（因为他们互不凝望）。他光着一只脚，她也光着一只脚。

好，好……但是……这不可能啊。这里面有某一种做作，某种不可理解的东西，某种变态的东西……怎么会出现这样的麻木景象，像受到了诅咒似的？他们的激情挡着哪里来的这股寒气？刹那之间，一个疯狂的想法出现在我脑子里：就应该是这样，他们俩之间正是应该这样，这比……更真实……不着边际！于是另一个看法又出现在我眼前，就是说，这里面隐藏了可笑的把戏、喜剧，也许他们奇迹般地猜到我要到那个地方去，所以故意这样做——让我看见。因为是为了我，所以严格按照我对他们的设想，按照给我的羞辱的尺度！为了我，为了我，为了我！受到这个想法——为了我！——的激励，我扒开树丛走，不再有什么顾忌了。于是——这个场面补充完毕。弗雷德里克坐在一堆松针落叶上。这是——为了他的嘛！

我站住了……他一看见我，就对他们说：

"得再重复一次。"

当时我还什么都没有理解，一股冷气却从年轻人的放荡行为中吹了过来。放荡。他们一动不动——他们青年人的清新气息冰冷得很。

弗雷德里克向我走过来，潇洒地说："啊，您好啊，亲爱的维托尔德先生！（这番寒暄是没有必要的，因为一个小时以前才分开的嘛。）他们这出哑剧，您有何评论啊？（他胳膊划了一个大圆圈，指着他们）。表演得不错啊，是吧，啊哈哈哈哈哈哈！（笑声虽然很高，可是没有必要。）没有鱼的地方，鸡蛋大的水鱼也是鱼啊！不知道您知不知道我爱好导演的活动？我也曾经是个演员，不知道您知不知道我传记里的这个细节？"

他拉住我的胳膊，在草地上走了一圈，做出极度戏剧式的手势，那两个青年人望着他，不说话。——"我有一个想法……关于脚本的……电影脚本……但是某些场景有点风险，需要加工，需要用活生生的素材来实验。"

"今天就到这儿。可以穿好衣服了。"

他也不看他们一眼，带着我走过小桥，大声谈论他各种各样的设想，兴致勃勃。依照他的看法，迄今写作剧本或者脚本的方法，"因为脱离演员"，都已经完全过时。应该从演员开始，以某种方法把他们"组合起来"，再依靠这些组合建构剧本的主题。因为剧本"不仅应该挖掘出演员身上故有的特质，亦即活生生的、具有自己重重机遇的人身上的特质"。一个演员"不应该去体现设想中的舞台人物，装扮并非他本人的一个人——而是相反，舞台人物应该适应他，按照他的尺度塑造，就像量体裁衣那样。"他笑着说："我借助这两个孩子做尝试，还答应给他们小礼物，因为已经是工作了！唉，在这样的穷乡僻壤，是多么无聊，人总得做点事，哪怕为健康着想呢，维托尔德先生，为了健康啊！所以我不愿意拿它来张扬，因为——谁知道呢——这对于可敬的希波利特先生和夫人来说，可能太大胆了，我不愿意惹出闲言碎语！……"为了都能听见，他高声大气地说，而我在他身旁走，瞧着地面，头脑里充斥了这个发现的灼热刺激，几乎没听见他说什么。大滑头！耍阴谋！老狐狸！竟想出这样的怪点子——设计出这样的游戏！……一切都飞落直下，掉进玩世不恭和变态心理，而这种放荡的火气正在吞噬我，我简直是在嫉妒的痛苦中挣扎！想象力的火红亮光为我照亮了他们这冰冷的放荡，天真无邪却又恶魔般的放荡——尤其是她、她——太令人震惊啊，因为这个忠实的未婚妻竟跑到树丛里做这样的排演……换取什么"小礼物"。

"的确是有意思的戏剧实验啊，当然了，"我回答，"是的，是的，有意思的实验!"我急忙离开他，这样就可以继续考虑问题，因为放荡不仅仅是他们那一方面的，而且，事实证明，弗雷德里克干事儿比我设想得更成功——他甚至能够直接找到他们!干他的事，从不中断。而且在我的背后，全凭他自己的主意!由于瓦茨拉夫母亲阿梅丽亚夫人的逝世而展现出来的悲怆说辞，在这儿并没有妨碍他，他在继续活动——问题是他在这条路上走了多远?还可能往哪里去?至于他本人，这个有关界限的问题是棘手的——因为是他拉着我一起走的。我感到恐惧。又邻近傍晚——光线不知不觉地昏暗下来，深暗的色彩变得浓重和饱和，黄昏的阴暗强化了角落和缝隙的神秘色彩。太阳躲在树木后面。我想起来，自己把一本书留在露台上了，便去取这本书……在书里发现了一个信封，上面没有地址，里面有一张纸以及用铅笔写的潦草信文：

　　　写信是为了交流。在这件事上，我不愿意单打独斗，单枪匹马。

　　　一个人独处的时候，甚至不能确知，例如，自己是不是疯了。两个人，就不一样了。两个人，就有踏实感和客观的保障。两个人，就不会出现疯狂！

我不担心这一点。因为我知道，我是不会发疯的。即使我愿意，也不会。在我身上，是排除了这一点的，我是反疯癫者。我要保证自己能够对付可能更严重的事情，也就是说，例如某种异常的情况，亦即，在一个人独自远去，走上唯一得到许可的道路之后，各种遭遇的几率无限上升……您听懂了吗？我没有时间详细解说。即使我从地球出发到别的行星上去旅行，或者到月亮上去，我也要找一个人搭伴，让我的人性能够在这个同伴身上反映出来。

我还会写信通报情况的。这是严格保密的——不能公开——甚至在你我之间也要保密，就是说，此信看完立即烧掉，不能和任何一个人讨论，包括我在内。就像没这事一样。为什么要麻烦呢——麻烦他人，或者自己？最好不要声张。

您看见了小岛上的事，其实挺好。两个人目睹，而不是一个人。可是，我的劳苦都赔给魔鬼了，没有让他们兴奋起来、亲热起来，他们冰冷得和戏子一样……仅仅是为了我，投合我的欲望，要说他们为了让谁感到兴奋，那也是为了我！真是不走运！真是不走运！情况您是知道的，因为您亲眼目睹。倒也没有什么。到最后一定会激起他们的欲火来的。

您已经看见，现在要设法诱导瓦茨拉夫的注意力。一定要让他看见！请告诉他：一）您散步的时候偶然看见他们在小岛上幽会；二）可以认为，让他知道乃是您的义务；三）不能让他们知道您目睹了这个场面。请您明天带他去现场，要点是他必须看见他们，但是不能看见我。我还要细致思考一切，并且写出来，您会收到安排计划的。理所当然！十分重要！就在明天！他必须知道，必须目睹！

您要问，我有什么计划吗？没有计划。我是在高压线上走，你理解吧？我是在兴奋线上走。现在我十分在意的是他必须目睹，也要让他们知道，有人看见了他们。必须让他们深陷背叛行为而不得自拔！然后再看好戏。

请您费心办理。请不必回信。我会把信放在墙缝里，大门旁边的一块砖头底下。看完请烧毁。

这第二个，二号，这个尤泽克，怎么处置，怎样以及用什么办法将他们结合起来，让一切都发挥作用，发挥作用，因为他正好适合角色——我还正在费脑筋思索，还不知道，但是主意慢慢会生出来、凑出来的，努力前进就是，向前进啊！请按要求准确行动。

这封信令我目瞪口呆！我开始在房间里转悠，后来干脆带着这封信到田野里去了——在这儿，迎接我的是大地逐渐浓重的昏暗，正在消失的天空背景上小山的轮廓和万物在夜晚降临之前渐渐强烈的奔突。景色早已经熟悉，我知道会看到的——但是这封信把我从风景中拉了回来，唉，这封信让我失去平衡，我反复思考，怎么办呢，怎么办呢，怎么办呢？瓦茨拉夫，瓦茨拉夫——但是这样的事我是无论如何也不能办的，这根本就是不能干的事——而且令人不寒而栗，那模糊的幻想中的欲望要变成现实，变成我装在衣袋里的具体的事实，变成一个确定的欲求。弗雷德里克是不是疯了呀？他需要我，是不是仅仅因为他的疯狂通过我而变得情有可原？的确到了该跟他一刀两断的时候了——而且面前就有简单的解决办法，可以找瓦茨拉夫和希波利特密谈一番……已经想象出来和他们密谈的话："你们听着，这是一件令人难以启齿的事……我担心，弗雷德里克有病，有精神方面的病……我长时间观察他……是啊，在全部这些没法说清的经历之后，他不是第一个，也不是最后一个……但是无论如何需要注意这个情况，我的印象是，这是某种癫狂症，情色癫狂症，实际上针对着海妮亚和卡罗尔……"我想这样说。这些话里的每一个字都会把他从健康人的圈子里抛出去，把他变成疯子——这样的事都可能在他背后发生，把他变成我们细心关怀和细心监护的对象。这个情况，他一点也不知道——因为不知道，就不能保护自己——就可能从魔鬼变成疯子，真是这样。同时，我却恢复了平衡。还不是太迟。我没有做什么让自己丢人的事，这封信是和他的合作的第一次体现……所以觉得对我来说是沉重的。所以必须作出决定——在回住宅的路上，树木变成了渲染的墨点，形状模糊，其仅有的内容就是昏黑，我的决定是让他变得无害，让他进入普通的发疯范围之中。但是靠近门的那块砖颜色发白——我看出来了——又有一封信等着我呢。

那条蚯蚓！您是知道的！您是明白的！当时您一定和我一样感觉到了！

那条蚯蚓就是瓦茨拉夫！他们在这条蚯蚓身上结合了。现在又在瓦茨拉夫身上结合。踩碎了瓦茨拉夫。

他们彼此还不愿意吗？不愿意？您很快会看到，我们要把瓦茨拉夫变成一张床，让他们在这张床上交配。

必须把瓦茨拉夫切切实实地拉进来，必须一）让他目睹。待续。

我把信拿到楼上我的房间里，才把它看完。让人感到羞耻的是，信文的内容对我非常明晰——就好像是我给自己写的。是的，瓦茨拉夫应该成为被共同踩碎的蚯蚓，应该提供出罪孽，让他们有罪，把他们推进炽热的黑夜。障碍到底是什么呢，他们为什么彼此不一愿一意呢？呀，我知道了——但是又不知道——虽然知道，又难以捕获——似乎他们青年人在回避成年人的思考……但是，不管怎么说，这是某种节制，某种道德，某种律法，是的，某种内在的禁令，他们都正在遵守……所以，弗雷德里克的看法大概没有错：两个人一起踩碎瓦茨拉夫，通过瓦茨拉夫变得放荡，使他们大胆放开！他们为了瓦茨拉夫变成情人……为了自己变成情人。而对于我们这些太老的人来说，这是从情色方面亲近他们的唯一的机会……推他们背叛！他们一旦和我们一起卷入这件事里，就会混合起来，联合起来！这样的事，我熟悉！我知道，罪孽不会侵害他们的美丽，恰恰相反，在他们因为被我们的手拉进腐败并且和我们勾结起来的时候，他们的青春风貌会变得更加强烈。是的！我知道！平平常常、没什么魅力的青春够多的了——这儿说的是要创造我们悲惨地搅和进去的另一种青春。

热情。这件事还没有激发出我的热情来吗？当然激发出来了，没问题的。我个人已经过了美好的岁月，被排除在超凡美丽闪亮的圈子之外——已经没有魅力，不能投合众人的喜爱，不注意外表……嘿，还是能够感受喜悦的，但是我知道，我的喜悦早已经不令他人喜悦……所以，我的生活就像挨了打的狗一样，癞皮狗……在这个年龄，忽然有了机会凑近青春，进入青春，虽然要付出淫荡之嫌的代价，也在所不惜——而且，丑陋还可以得到利用，还可以尽情享受美丽……这是诱惑，它铲除一切障碍，不可抵御！热情，是的，甚至就是令人窒息的狂热——但是，另一方面……但是，理所当然！何以并非如此！不不不！太疯了！不能这样做！都是我个人的事——私人的，秘密的——史无前例！还要走上这条魔鬼般的独特道路，跟他，跟一个我惧怕的人在一起，因为我感觉他是极端的人，我知道他必定带我走得很远！

我，要像梅菲斯特那样摧毁瓦茨拉夫的爱情吗？不，这是下流的愚蠢幻想！我不是这样的！绝不是这样的！那又怎么样？后退，回到希波利特和瓦茨瓦夫那里去，把这个情况变成一个病案，把一个魔鬼变成疯子，把地狱变成医院……我就要像一把钳子一样抓住这正在蔓延的放荡。放荡了吗？在哪儿？他现在在干什么？他现在在干什么——我当然不知道——这个问题像一根弹簧一样把我崩了出去——我走到园子里，狗在我周围跳——没有人，只有这所住宅，作为一个物，突兀地出现在我的面前。厨房点着了灯。二层是谢缅的窗户（这一阵子怎么忘了他呢）。我站在住宅前面，繁星布满穹隆，这距离感打穿了我，我在树木中消失。我摇摇晃晃、跌跌撞撞地迈步，远处是大门，门旁边有砖头，我接近那块砖头，像去完成某种任务似的，走到跟前，环顾四周……看他是不是藏在树丛中。砖头下面——又有一封信。他是放开了写的！

看看您是否能够确切理解吧。

我已经看出了一些眉目。

一）**谜语**：他们为什么不在一起？……为什么？你知道吗？

我知道。那样的话，对他们来说，太**充盈**。太**完全**。

不完全——即充盈，这是谜底！

全能的上帝！你是充盈！但是，这比你更美丽，所以我要拒绝你。

二）**谜语**：他们为什么贴住咱们？为什么跟咱们调情？

因为他们通过咱们需要他们之间的东西。咱们。也通过瓦茨拉夫。咱们，亲爱的维托尔德先生，咱们。他们必须通过咱们。所以他们才跟咱们调情！

您见过这样的事吗？他们为这个目的而需要咱们？

三）您知道，什么是危险的？危险的就是我正处在我精神与智慧充分发育的过程中，我被轻细的、不完全的、还在生长中的双手控制。上帝啊！这双手还在长！这双手轻轻地、轻轻地、轻飘飘地把我推进某种事物，而我必须在精神上和情感上完全穷尽这一事物。这双手轻易又轻易地给我酒杯，我必须把这杯酒喝尽，一滴不剩……

我一向知道，这样的事在等着我。我是基督，被钉在十六岁的十字架上。再见！在各各他见。再见！

真是放开了写啊！在楼上的房间里，我又坐在灯下：背叛他吗？否定他？但是那样的话我不也就背叛和否定了我自己吗！

也否定了自己！

这一切不仅是他的事。这也是我的事。把自己变成疯子吗？背离我进入的唯一机会吗，进入……什么呀？什么？什么啊？到底是什么呀？楼下传来晚餐的呼声。我坐在每天固定的座位上之后，话题还是周围的事：战事、德国人、乡下、各种问题，连续灌进耳朵里……好像来自某一个陌生的地方……已经跟我没有关系。

弗雷德里克坐在他原来的位置——一面吃奶酪馅饼，一面侃侃而谈，评论前线的战况。还好几次转过头来问我有什么见解。

十

说服瓦茨拉夫是按计划完成的，没有费周折。没有什么未曾料到的情况影响说服工作，过程顺利而平和。

我说："想给他看看情况。"我带领他到了水渠旁边预定的地方，从这儿透过树木中间的空隙可以看到那个场地。这个地点的水很深——可以发挥作用，让他不能蹿到小岛上来发现弗雷德里克在场。

我给他看了。

弗雷德里克为他设计的场面如下：卡罗尔在树下，她站在卡罗尔背后；两个人都抬着头，望着树上的什么东西，大概是一只小鸟吧。他抬起一只手。她抬起一只手。

他俩的手高高举在头上，"不知不觉地"扭在一起了。扭在一起之后，受到一股向下拽的力量，又快又猛。瞬间之内，他俩都低下头细看自己的手。突然都倒下了，也不知道谁把谁拉倒了，看样子是两只手把他们拉倒了。

他们一起倒在地上，躺在一起，可是立即分开……又站起来，似乎不知道该干什么。她慢慢走开，他跟着她，消失在树丛后面。

这个场面虽然简单，却十分奇妙。在这个场面里，他们两只手的简洁联合遭受到未曾预料到的震动——他们倒在地上——其自然而然的简洁遭受到了几乎痉挛般的挫折，突然背离规范，以至于他们在一秒钟之内显得变成了自然力量控制的玩偶。但是，那只是短暂的一瞬，再加他们站起、缓缓走开，都令人想到，他们对此已经习以为常……这样的事不是第一次发生在他们身上。似乎他们都已经熟悉。

水渠冒出臭味。闷热的潮湿。静止不动的青蛙。下午五点，花园显得慵懒。酷热难当。

"您为什么把我带到这儿来？"

返回的路上，他问。

我回答：

"我认为这是我的义务。"

他想了一下。

"谢谢您。"

快到住宅的时候，他说："我觉得这没多大意思……不过还是很感谢您，您注意到了……我要跟海妮亚谈谈……"

不过如此。他回自己房间去了。剩下我一个人，感到失望；一如在办完某事时的感触：办完的感觉总是含糊的，不十分明确，缺乏足够的尺度和清晰。完成任务后，我突然无事可做——对我自己该怎么办呢？——被我想出来的任务甩掉了。天暗下来。天又暗了。我走进田野，我在田垄上走，低着头，脚下的土地普普通通，寂静而又友善。回到住宅，我瞧了瞧那块砖底下，什么也没有，就是一块砖头，因为湿气发黑、发凉。我迈着大步穿过院子，在门前站住了，不愿意进去，不愿意进入发生这事的地点。然而，就在此刻，他们接触的炽热，他们被唤醒了的血液那早熟的炽热，他们俩的纠结和拥抱，都热乎乎地扑向我，以至我破门而入，准备继续推动这番情事。我被深深地卷了进来！但是，在这儿，等待着我的是一个突然的转折，这样的转折有时候让人措手不及……

希波利特、弗雷德里克和瓦茨拉夫都坐在书房里——他们和我打招呼。

我心里琢磨着，他们正在开会，跟小岛上的事有关系，所以战战兢兢地接近他们……但是，这情势却暗示我：出了别的事。希波利特坐在办公桌后面，脸色阴沉，盯着我。瓦茨拉夫在房间里踱步。弗雷德里克半躺在椅子上。沉默。瓦茨拉夫说：

"还是得告诉维托尔德先生。"

"他们准备除掉谢缅。"希波利特有点着急地说。

我还是不明白。解释很快到来，把我置入一个新的精神状况之中——而且重又打上了爱国密谋的戏剧性印记——这样的印象，大概连希波利特也不能避免，因为他说话开始显得激动，甚至怨恨，而且严肃。我才得知，谢缅在夜间"和从华沙来的人见了面"，目的是确定在这个地区准备展开的某一次行动的细节。但是在这次谈话中出了"麻烦，先生"，就是说，谢缅先生说话的意思是，他不再领导这次行动和其他的任何，他要一劳永逸地退出密谋活动，要"回家"。这是个麻烦，当然了！他们都喧闹起来，开始对他施加压力，最后他十分紧张，发誓说，他能做到的事都做了，更多的事做不来了，——"勇气已经耗尽"——"勇气变成了恐惧"——"放了我吧，我感到不舒服，感到惊慌，我自己也不知道为什么"——他已经不适合做事，在这样的条件下，托付给他办什么事都是轻率的，他诚实地预告他们，他请求离开。这太过分了。在激烈而敏感的言论对答中，开始生出怀疑，开头还不明确，后来渐渐尖锐：谢缅疯了，或者，至少在精神上已经垮了——于是爆发出惊慌的浪潮，他知道的一个秘密已经不保，已经不能确信他不会泄露出去……由于某些偶然情况的会合，从这个情况中滋生出来大祸临头的形象，是大溃败，几乎就是世界末日，因而在这样紧张的心理状态下，压力升级，做出了这个缘于惊恐又令人惊恐的决定：立即将其消灭、处死。希波利特说，他们想立即跟随谢缅，进入他的房间，立即开枪——但是要求延时到下一个夜晚，因为在技术上必须考虑我们大家和家里人的安全。大家同意延时，但是不多于一昼夜。他们还担心谢缅察觉到自己面临危险而逃走。波乌尔纳这个地方最适合他们的设想，更何况谢缅是极其秘密地来到这里的，没有人会到这个地方来寻找他。所以他们还是决定今天夜里"把事办妥"。

　　为什么我们与敌人和侵略者斗争的实际情况竟然以这样华彩外衣的形式出现——而且在一定的程度上既令人气愤又令人感到耻辱！——就像在拙劣的戏剧中那样——虽然在这里有流血，有死亡，而且是最为真实的！为了得到比较好的理解——为了习惯于新的形势，我提出问题："他现在干什么呢？"希波利特给了我答案：

"在楼上呢。他的房间里。从里面锁上了。他要一匹马，坚持要回家。我是不能给他马的。"

又轻声说：

"我是不能给他马的。"

毫无疑问，他是不能的。至于说处决一个人而不经审判、没有程序、没有文件是不合法的，那就是另外一回事了。而且这不是我们的事。我们谈话，就像大祸临头的人们一样。我问他，他们打算怎么办，他的回答几乎毫不客气。"您要怎么样？没说的！必须执行！"希波利特的语调显示出我们之间的关系发生了闪电般的变化。我已经不再是客人，我是听指挥服务的，跟他们一起卷入既针对我们自己又针对谢缅的决裂和残酷。他怎么伤害我们了？怎么骤然之间，心血来潮，就要把他屠杀，同时让自己陷入危险呢。

"这儿暂时没有什么要做的。他们应该在十二点半回来。我把看守人派到奥斯特罗维茨去了，说是紧急采购，狗不能放出来。我不过是把他们领到他那儿去，楼上，他们爱怎么干就怎么干。我提出的条件仅仅是不要弄出声来，不要把整个房子里的人惊醒。至于躯体，会弄走的……我已经考虑好了，放在棚子里。明天有人把谢缅送到火车站去，就完事了。悄悄地，秘密地，神不知鬼不觉，没有人知道。"

弗雷德里克问：

"那个旧棚子，大车棚后面的？"

他问得很实际，像一个出谋划策去执行计划的人——不管怎么说，我感到轻松了一点，因为看到他被动员了起来——就像醉鬼受到招募一样。真的能够不喝了吗？这件忽然到来的事，在我看来，比到现在为止我们的行径健康得多，得体得多。可是，我这轻松感没延续几分钟。

晚餐之后（进餐时候，谢缅缺席，几天以来他一直"不适"——饭都是给他送到楼上去的），以防万一，我到了大门外，砖头底下果然有一封信。

事态骤变。影响咱们的计划。

必须对待。不动声色。

要密切观察。看局势如何演变。如果都折腾起来，比如必须逃到华沙，有的人到别处去，那就不妙了——那就是崩溃。

应该理解老……您猜我说的是谁？这就是大自然。如果大自然从旁边塞进来未曾料到的情况，也不必抗议或反抗，应该顺服，欣然适应，和颜悦色地……但是心里不能放弃，不能丢掉咱们的目标，要让大自然知道，咱们还要另外的目标，别的目标。它从一开始发起干涉活动的时候就十分坚定、果断，等等，但是一旦对此失去兴趣而离去，我们就可以悄悄返回自己的工作，甚至可以指望它的恩典……注意！请您调整行为方式，要配合我。不能出现差异。我还会写信的。务必烧毁此信。

这封信……这封信比上一封更像是疯子写的信——但是我十分理解这种疯狂。这疯狂对于我是有思想的。他在对待与大自然关系方面制定的策略——我也不感到陌生！很明显的是，他没有放弃自己的目标，信里写道，不能让步，就是说，还依然忠诚于自己的意图，这封信虽然佯装屈服，但同时又发出反抗和坚持的号召。不知道这封信是写给我的还是写给大自然的——让它知道，我们不打算让步——他是通过我和大自然谈话的。我认定，弗雷德里克的每一个字，都像它的每一个行动一样，表面上是针对某个人的，而实际上却是他与神的不倦的谈话……狡黠的谈话，其中谎言为真实服务，真实为谎言服务。哎，在这封信里，他一直装作在大自然面前秘密写信——而实际上又说，是为了让大自然知道！还指望解除大自然的武装——或许娱乐大自然⋯⋯那天晚上下雨的时间，我们是在等待之中度过的。我们不断偷偷地看表。灯光勉强照亮了房间。海妮亚每天晚上都偎依在瓦茨拉夫身旁，他也一如既往地搂着她，我却发现，"小岛事件"根本就没有影响他的情绪。他的心思没办法猜透，一直坐在海妮亚旁边，我心里一直嘀咕，他有几分心思想到了谢缅，而卡罗尔的动作和喧闹声有几分会传到他耳朵里——卡罗尔正在那儿翻腾东西，放在箱子里。玛丽亚夫人做针线（像对待"孩子们"一样，他们不让她知道这个秘密）。弗雷德里克伸出双腿，手放在沙发椅扶手上。希波利特坐在椅子上，眼睛盯着远方。因为紧张，我们的兴奋令人疲倦。

这个神秘的人物，这个谢缅，把我们分离出来，我们，男人们，构成了一个特别的小组。但是，没想到的是，海妮亚问卡罗尔："现在你们都干些什么事啊，卡罗尔？"卡罗尔回答："你别烦我！"他们说话的声音平淡无奇地传来，谁知道是什么意思，他们在干什么，所以我们根本没有理睬。

快到十一点的时候，他们都随着玛丽亚夫人去睡觉了，我们男人们开始各忙各的。希波利特准备铁锹、口袋和绳子，弗雷德里克准备好武器，以防万一，我和瓦茨拉夫察看了院子。住宅全部窗户的灯都灭了，只有楼上的——谢缅的灯还亮着，透过窗帘射出朦胧的光亮，是光线和惊恐，是惊恐和光线。他的勇敢突然变成了恐惧，这怎么可能呢？这个人怎么了，如此一蹶不振？从领袖变成了懦夫？天啊！天啊！这叫什么事呀！骤然之间，我觉得这个住宅充满了两种可能的疯狂，一种出现在二层的谢缅身上，另一种出现在一层的弗雷德里克身上（正在和大自然展开游戏）……两个人都以某种方式被推到墙上，无计可施。回到住宅的时候，我差点大声笑出来，因为我看到希波利特正在仔细察看两把切菜刀，正在试验刀刃。这位可尊敬的大胖子变成了屠夫，正在准备屠宰——却好像是一出闹剧里的人物似的——我们正直又愚笨，如此无能，被推入谋杀，从而使得这件事变成业余演员的表演，与其说可怕，不如说可笑。更何况这样做是为了以防万一，并没有什么决定性的意义。同时，那刀刃的寒光看着似乎不可抵御：已经作出决定，抛出骰子，刀已经出鞘！

尤泽克！……弗雷德里克的眼睛盯住了这把刀，不容怀疑，他正在想着这个情况。尤泽克……刀……和那把刀，阿梅丽亚夫人的类似，简直就是那一把，在我们之间——嗯，这把刀和那一次的凶案有关系，令人想到那一次，是那一次的重复——就在此地，就在此刻，就要到来——至少也是奇异的类比，突兀的重复。刀。瓦茨拉夫也在细心观看——就这样，这两个人，弗雷德里克和瓦茨拉夫，都把心思集中在刀上，要拿它办事。而且，他们是在值勤，在行动中——不说出来——我们都聚精会神地做准备、在期待之中。

这是必须完成的工作——但是我们已经十分厌烦，十分讨厌这历史的武打戏剧，都渴望歇息一下！午夜之后，希波利特出去会见国家军的人。瓦茨拉夫上楼去监视谢缅的屋门——我和弗雷德里克留在楼下，单独和他在一起的情况变成我重大的负担。我知道他有话可说——但是说话是禁止的——所以他保持沉默——而且，虽然没有别人，也没人偷听，但是我们活动起来却像陌生人一样，而这种警觉却从虚无之中呼唤出来性质莫名的某个第三者到场，某种不可捉摸又纠缠不休的东西。它的到来——共事者的脸，十分靠近我——在我的面前，却隔着一堵墙……我们是一个人挨着一个人，仅仅是彼此挨着，彼此挨着，忽然听见希波利特沉重的脚步声和喘息声，他回来了。一个人。出什么事了？又出麻烦了！出了差错。有什么东西搅混了。惊慌。该来的人没有来。另外一个人来了，又走了。希波利特说："至于谢缅，那……"

"没办法，咱们只能靠自己了。他们不行，都四散逃离。命令是这样的。"

什么?! 可是从希波利特的话里可以听出这是强迫命令，强加给我们的，而我们是凭任何借口也不能放了他的，尤其是现在，许多人的命运都取决于放他不放，不能冒险，有命令，却不是书面的，不是，也没有时间了，真是没有时间了，光说话没用，快办事才行！就这样命令我们！这道命令就是这样的，残酷、惊慌，是在我们不知道的紧张情况下制定的。表示怀疑吗？那就会让我们承担全部的后果，而这些后果可能是灾难性的，因为如果没有理由，一般不会采取这种突如其来的措施。我们如果反对，就会显得是寻找借口——好像我们要求自己做好充分准备似的。所以谁也不允许谁甚至显露软弱，而且如果希波利特立即带引我们到谢缅那儿去的话，我们会又快又狠地完成任务的。但是这个不曾料到的麻烦给我们带来了借口，可能把行动推迟到下一个夜晚，各个人的任务还得分配，准备，保证安全……情况已经明显，能拖延就拖延……所以分配给我的任务是看住谢缅的房门，一直到天亮，然后由瓦茨拉夫接替我，我们互道明天见，因为说到底，我们都是有教养的人嘛。希波利特回卧室，拿走了灯，我们又在楼梯上磨蹭了一会儿，忽然有一个人影在几间屋子之间溜了过去。瓦茨拉夫立即打开手电，发出一道光线。是卡罗尔。穿着睡衣。

"你上哪儿去了？半夜里干什么？"瓦茨拉夫小声吼叫，控制不住紧张的心情。

"洗澡去了。"

这可能是真话。确实是。瓦茨拉夫如果没用自己的手电照亮了卡罗尔，也不会突然发出舒适的感叹声音。但是他发出的哎哟声太高，几乎不成体统。这一声哎哟，吓了我们一跳。而卡罗尔粗鲁呵斥的语调也同样吓人。

"您要怎么样？"

他要动手打架了。这位未婚夫立即关了手电。"请您原谅，"在黑暗当中，我们听见他说，"我不过是问问。"

于是他走了，急急忙忙的，摸着黑。

我用不着从窗户里探头出去监视谢缅——我和他住的是隔壁。他那儿很安静，但是还没有熄灯。我不想躺下，担心睡着，所以坐在桌子旁边，而急速进展事件的节奏还在脑子里砰砰地跳荡，我没办法对付——因为在事件进程的上方，还有各种语调和言外之意的神秘气氛在盘旋，就像水面微风上的阳光一样。这样静坐了约莫一个小时，瞧着闪亮的微光，终于注意到了一张纸条等着我呢，塞在门缝里的。

关于**瓦-卡**二人的冲突。怒火终于爆发出来了。卡还可能把他打死的。

他们已经知道，他瞧见了他们。原因就在这儿。

他们已经知道，因为我告诉了他们。我说，是您告诉我说瓦茨拉夫告诉了您——他在小岛上偶然看见了这事儿。是在小路上散步的时候看见他们俩（没看见我），偶然地。

很容易猜到，他们大笑了一阵，就是说，一起笑的，因为我对他们两个人说过，而他们，既然在一起，就必定大笑……因为在一起，在我面前笑的！现在他们已经**固定**成了用大笑来折磨瓦的人了。就是说，只要他们在一起，成对儿在一起，像一对那样——因为您在晚餐的时候看得见，她，只有她一个人的时候，就是说，单独一个人的时候，她是忠诚于未婚夫的。可是两个人一块儿的时候，就一起嘲笑他。

现在又出来一把**刀**。

这把刀造成了谢（谢缅）-斯（斯库加克）同盟。

从此又生出：谢-斯-瓦。通过阿，通过对阿梅丽亚的谋杀。

这是何等的组合啊！一切的一切联系了起来！这还不是全部的组合，但是可以看出在这个方向上存在着**倾向性**……请想象一下，我真不知道该怎么对待这个斯库加克——而现在他自己在控制着这把**刀**。请小心。不要把人吓跑！不要勉强……不要强求，让我们顺流而下，不要受阻，要利用每一个机会达到我们的目的。

必须在地下行动中和希波利特合作。不要随便说咱们的地下活动是不同类型的。您的行动要显得您专注于民族的斗争、国家军、波德冲突，显得这是关心所在……而实际上咱们注意的是

海妮亚和卡罗尔

但是，不能泄露这一点。不能在任何人面前泄露。无论什么人。甚至对自己。不能泄露——不能暗示。保

持沉默！要听其自然……

需要勇敢和坚持，因为咱们必须暗暗地坚持自己的目标，即使这个目标看起来有淫荡下作之嫌。如果咱们坚持，下作的也就不再下作了。咱们必须知难而上，因为如果放弃的话，下作就会把咱们淹没。请您务必避免失衡——不能泄露！退路是没有的。

致意。致敬。烧毁此信。

"烧毁此信"——这是他的命令。可是已经写好。"而实际上咱们注意的是*海妮亚和卡罗尔*"……这是说给谁听的？给我听的吗？还是给它，本性？

有人敲门。

"请进。"

是瓦茨拉夫。

"可以和您谈谈吗？"

我请他坐在我坐的椅子上。我坐到床上。

"十分抱歉，我知道您疲倦了。但是刚才我认定，要是不和您谈谈，就一分钟也睡不着。从来没有这样过。想更坦率一点。希望您不要介意。您知道问题在哪儿。就是……在小岛上的事。"

"我帮不了……"

"我知道。知道。请原谅打断了您的话。我知道您什么
也不知道。但是我想知道，您是怎么想的。我对付不了我的
一些想法。你对这件事怎么看呢？您怎么想的？"

"我？我能有什么看法呢？我不过是让您看看，觉得这
是我的义务……"

"当然。我十分感激。不知道怎么感谢您才好。但是我
想知道您的观点。也许，我应该先说一下我的观点。我觉得
这没有什么。没有什么不得了的——因为他们从小就互相认
识……这里面的愚蠢比……何况在这个年龄！在前几年，他
们之间大概有……有过……半孩子气的——您知道——挑逗
和亲密，有某种特别的形式——打打闹闹的，对吗？现在，
他们有时候又回到以前的做法。这是一种开端的、萌芽的放
荡。还可以允许的是某种光学上的误差，因为咱们是从远、
从树丛后面观看的。我不怀疑海妮亚的感情。没有这个
权利。没有根据。我知道她爱我。怎么能够把我们的爱情和
这种……幼稚行为比较呢……幼稚得无聊！"

肉体！他就坐在我面前。肉体！他穿着睡衣——他的肉

体丰满虚胖，肿胀发白，从卫生间出来，穿着睡衣！就这么一具肉体，坐在那儿，好像开箱取出来的。这样的肉体！这具肉体令我气愤，因为我注重人体，所以我以嘲笑的眼光看待它，我因为自己而嘲笑它，几乎要吹口哨了。一点也不同情。什么肉体啊，哼！

"您可以相信我，也可以不相信我，可是我真的没有把这件事放在心上……只不过……有一件事折磨了我……也不知道这是不是幻觉……所以想请教您。先说一句，如果这显得有点……都是幻想，请您原谅。我要承认，我不知道该怎么说。他们的动作……您知道，他们冷不防都倒下了，后来又站起来……您一定也觉得，这，这……太特殊了吧。一般没有人这样的！"

他沉默了，咽下一口唾沫；因为咽了一口唾沫，所以感到难为情。

"这是您的印象吗？"

"出了这样的场面不正常。您知道，即使他们亲吻——那也是平常……即使他，就这么说吧——搂着她倒在那儿了——也是平常的。即使他在我眼前抱起她来，也是平平常常啊。全部这样的动作让我感到不安……都比不上这些稀奇古怪的动作……"

他握住我的手。瞧着我的眼睛。我向后退，感到厌烦。恨他。

"请您坦率地告诉我，我的话对不对？也许我没有看到该看到的方面？也许是我自己古怪吧？我自己也不知道。请您告诉我！"

肉体！

我细心隐蔽了轻率而无情的狡猾态度，没说出什么话——没说什么火上浇油的话："不知道啊……实际上……也许在某种程度上……"

"但是我不知道应该从哪方面看重它。有什么实质性的因素吗？什么等级的？请您首先告诉我：您认为她和他？……"

"怎么样？"

"请原谅。我想到的是 sex-appeal（性魅力）。咱们所说的 sex-appeal。我第一次看见他们俩在一起……一年以前……立刻就迷住了。Sex-appeal。吸引力。性吸引力。他和她。但是那时候我还没有认真考虑和海妮亚的事。后来，她引起了我的感觉，另一件事就退居后台了，和我的感情比较起来，变得没有意义，我就不注意了。都是小孩子的事！但是现在……"

他深深叹了一口气。

"现在我担心，这可能——比我能够想到的事更糟糕。"

他站起来。

"他们倒在地上……不像正常地倒下的。又立刻站了起来——也不太正常。离开得也不太正常……怎么回事啊？什么意思呢？一般人不这样的。"

他坐下了。

"怎么了？怎么了？是什么意思嘛！"

他瞥了我一眼。

"这可是难为了我的想象力！请您说吧！还是请您说出来吧！不要让我一个人就这样！"他苦笑了一下，"请原谅。"

这个人也寻求我的陪伴，还说"不要让我一个人就这样"——我的确是受欢迎的啊！但是，和弗雷德里克不一样的是，他请求我不要确认他的疯癫，他诚恐诚惶地等待着我的否定，因为这否定会把一切都推给梦幻。是否安抚他——这取决于我……肉体！如果他只用灵魂跟我谈话多好！但是，肉体！正遇到了我的轻浮！为了把他一劳永逸地圈在地狱里面，我不必费什么力气，像以往那样，只要含含糊糊说出几个词儿来就行了，"我必须承认……也许……很难说……大概……"我这样说了。他回答道：

"她爱我，我确实知道她爱我，她爱我！"

他为自己辩护，竭尽全力。

"爱您？这没有疑问。但是，您不认为他们之间的爱情是肤浅的吗？她需要您的爱情，不是他的。"

肉体！

他长时间没有说话。静静地坐着。我也坐着，沉默。一片寂静。弗雷德里克呢？睡觉了吗？谢缅呢？贮藏室里的尤泽克呢？他怎么样啊？也睡了吗？这所住宅好像被套在好几匹马的后面，每一匹马都奔向不同的方向。

他微笑一下，显得无奈。

"真是难过啊，"他说，"我母亲刚走了。现在又……"

他思考了一下。

"真不知道该怎样请求您原谅我这个深夜的不速之客。我实在感到束手无策。如果您允许，我还想告诉您一些事情。我很想找个人倾诉。我要告诉您的是……这样的。请您听一听吧。我有时候感到惊奇，她……对我有什么感觉。至于我的感觉——那是另外一回事了。我对她的感觉就是我的感觉，因为她是为爱情而生，是为了爱情，是为了有人爱她。然而，她爱我爱的是我的什么东西呢？我的感情、我对她的爱吗？不，不仅这样，她也是爱我这个人的——但是，为什么呢？爱我的什么呢？您看见了，我就是这个样子。我没有什么幻想，我不太喜欢自己，真的不知道、不理解她看上了我什么，我甚至得承认，这个情况让我感到别扭。如果说我有什么要指责她的，那就是，她接受我……接受得太温柔了。您相信吗，在最狂喜的时刻，我正是因为这样的狂喜、她跟我一起服从于这样的狂喜而觉得她不好，您相信吗？我一直觉得和她在一起不自由，总是觉得那对我像是某种恩惠，对我的让步，为了享用这种'方便'、大自然的恩惠安排，我甚至必须采取玩世不恭的态度。也好啊。尽管如此——她是爱我的。这是事实。配或者不配，方便或者不方便，都不管，她是爱我的。"

"她爱您。毫无疑问啊。"

"请等一等。我知道您想说什么：他们的关系是在爱情之外，在另外一个领域里。是真的！因此，我所遇到的事，是……野蛮得不道德、狡猾得出奇地缜密——很难理解是通过什么样的魔鬼奇迹做到了这一步的。如果她跟了一个成年男人来背叛我……"

"我的未婚妻和像这样的一个人缠在一起了，"他突然用另一种语调说，还瞥了我一眼，"这是什么意思啊？我该怎么自卫呢？该怎么办？"

"和……外面的一个人缠在一起……"他补充说，"而且方式很特别……独一无二……闻所未闻……这个方式触动了我，打动了我，因为我感觉出了它的韵味，捕捉到了它……您相信吗，根据咱们看到的这个样品，我在思想上重建了他俩之间可能发生的一切，他俩之间关系的整体。这真的是……亮丽的情色，我也不知道他俩怎么扑在上面的！好像梦境！是他们俩谁想出来的？是他呢，还是她？如果是她的话，那她真是一个艺术家了！"

片刻之后。

"您知道我感觉怎么样吗？她没有委身于他。这比他们在一起睡觉更糟。这样的想法是纯粹的疯癫，是吗？就是啊！因为，如果她对他以身相许，我就可以保卫自己的……但是如果这样的话……我就不能……很可能因为她没有委身于他，反而更是他的人了。因为他俩之间发生的一切，都与众不同，与众不同！不一样！"

嗨！有一件事他不知道。他在小岛上看见的，都是为弗雷德里克表演的，也是弗雷德里克导演的——表现出来的是他们和弗雷德里克制造出来的赖皮小子和不正派的小丫头。让他蒙在鼓里——多有意思啊；他根本不知道，作为他信任的人，我却站在另一个方面，站在能够消灭他的本性的方面。虽然这不是我的自然本能（青少年的，太年轻的本能）。甚至我还是他的同伴，不是他们的同伴——如果毁了他，也就毁了自己。但是——轻薄得多妙啊！

"这是因为战争，"他说，"因为战争。可是，我为什么要跟这些孩子开战呢？他们一个杀死了我母亲，另外一个……这太过分，有点太过分了。走得太远了。您愿意听听我是怎样对待的吗？"

因为我没有回答，他重复了一遍以示强调。

"您愿意听听我是怎样对待的吗？"

"我听着呢。您说吧。"

"我是寸步不让。"

"是啊！"

"我不允许别人勾引她——也别想勾引我。"

"您是什么意思呢？"

"我会坚守我自己的东西，把它看管好。我爱她。他爱我。只有这个才是重要的。其他都必须退让，其他都必定没有意义，因为我愿意这样。我能够这样。您知道，实际上我是不信上帝的。我母亲信，我不信。但是我希望上帝存在。我希望——这比我深信上帝存在更重要。而且，在这样的情况下，我也能够并且保持我的理性和道德观。我要让海妮亚守规矩。到现在我还没有和她谈话，但是明天我要跟她谈谈，要求她守规矩。"

"您要告诉她什么呢？"

"我要保持尊严，也告诫她保持尊严。我要保持尊重的态度——我尊重她，也让她尊重我。我善待她，让她不能拒绝对我的感情和忠诚。我相信，您知道，尊重、器重的态度会带来义务感。因此，我也会恰如其分地对待那个赖小子。近来，他打乱了我一点平静——这样的情况不能再出现了。"

"您要采取……郑重的行动？"

"您替我说出这个词儿来了！郑重！我要让他们——懂得郑重！"

"是啊，但是'郑重'来源于'重要'。一个重要的人是办理最重要事务的人。但是什么是最重要的事呢？对于您来说最重要的是某一件事，而对于他们则是另外一件事。每个人的择取都依据自己的判断——还有自己的尺度。"

"怎么会这样呢？我是重要的，他们不是。他们怎么能够重要。那不过是幼稚的戏耍——胡闹——愚蠢，他们怎么会重要呢。都是白痴行为嘛。"

"但是，如果——对于他们来说——幼稚的戏耍是更重要的呢？"

"什么？对于我来说是重要的，对于他们来说必定是更加重要的。他们知道什么？我知道得更多。我要迫使他们！您不会否认，我大概是比他们更重要的，我的论据才是决定性的。"

"等一等。我原来还以为，您从您的原则出发，认为自己更重要……但是现在可以看出来，您的原则之所以更重要，是因为您这个人更重要。个人。作为一个人。年龄稍大一点的。"

"打他，不用棒子，就用棍子！"他大吼，"反正一样！请您多多原谅。半夜里说说知心话。真的十分感谢您啊。"

他走了。我真想大笑一场。嘿嘿！吞了鱼钩——像一条鱼一样翻腾！

我们这一对小东西真把他耍得够呛啊！

他疼不疼啊？疼吗？嗯，疼自然是疼的，不过这是哪种软乎乎又劳累得让人掉头发的疼痛……

魅力是在另一方面。所以我也"站在另一方面"。那一方面的一切都令人十分愉快……令人兴奋……诱惑难挡的……肉体。

这头公牛假装保卫道德，而实际上是以他全部的体重压在他们身上。用他自身压在他们身上。他把自己的道德观强加在他们身上，没有别的理由，仅仅因为那是"他的道德观"——更沉重、更老旧、更发达……那是男人的道德观。他竭尽全力强加给他们！

真是一头公牛！我可忍受不了他。不过……我自己是不是也像他一样啊？我是个男人……我正在想这一层的时候，又有人敲门。我心想，瓦茨拉夫又来了——但是，是谢缅！我对着他的脸开始咳嗽——我不欢迎他来！

"原谅我打搅您，我听见了说话的声音，知道您还没睡。请您给我一杯水吧。"他慢慢地喝，一小口一小口地，也不看我。没打领带，衬衫敞着，脸色不好——头发虽然抹了发膏，还是向上挺出来，所以他时时用手指头梳理。喝完了杯里的水，但是他还不走。站在那儿，用手指头梳头。

"听不懂！"他细声说，"难以相信！……"他继续站在那儿，好像没有我这个人似的。我故意不回应他。他小声说话，却不是对着我。

"我需要帮助。"

"怎么帮助呢？"

"您知道，我的精神已经完全崩溃了。"他冷漠地说，这话好像跟他没有关系似的。

"我承认……但是我不懂……"

"您肯定知道现状，"他苦笑了一下，"您知道我是干什么的。我崩溃了。"

他把头发梳理到了一边，等着我回答。他可能会一直等下去，因为他在深思，或者正在专注于某一个思想，虽然他不是在思考。我决定探听他需要什么，便回答说，我的确知道现状……

"您是好人……我在那边再也忍不下去了……孤立……"他用手指指着他那个房间。"该怎么说呢？我决定找一个人。决定找您。也许是因为，您人好，可能是因为您在隔壁……我一个人，再也忍受不下去了！我可以坐下吗？"

他坐下了，他的动作好像他是大病初愈似的——小心翼翼，似乎控制不了自己的四肢，每迈出一步都得考虑再三。"我想跟您打听打听消息，"他说，"现在是不是正在串通对付我啊？"

"那为什么呢？"

他苦笑一下，接着才说："请您原谅，我想坦诚以待……但是首先我必须说清楚我是以什么角色出现在您这位尊敬的先生面前。我得先说说我的身世。劳驾请您听一听吧。到目前为止，道听途说，您一定知道了我的一些事。您听说的是，我是一个勇敢的人，也可以说是危险的人……也是啊……可是现在，近来，我忽然想到……遇到了邪，您知道。突然的软弱。一个星期以前。我坐在灯下，您知道，脑子里忽然跳出来一个问题：为什么到现在都没有失足倒下呢？如果明天失足倒下怎么办？"

"这肯定是您多次想到的问题。"

"当然！多次！但是这一次并没有到此为止——因为立刻又出现了第二个想法，就是说，我不应该这样设想，因为如果这样，就很可能最终把我软化，把我放开，魔鬼知道，把我曝露于险境。我想到，最好不要这样设想。但是一旦这样想了，就没办法驱散这个设想，它把我缠住了，我常常想，我会失足，所以不应该想这样的事，因为我会失足，成了恶性循环。先生，这个设想把我缠住了！"

"神经紧张。"

"不是神经紧张。您知道吗？这是变形。勇敢变形成了恐惧。是没有办法的。"

他点着一根香烟。吸了一口，吹灭了火柴。

"先生，三个星期以前，我还有目标、任务，还要斗争，还有不同的目标……现在什么都没有了。一切都脱离了我——原谅我说句粗话——像裤子哗啦一下子掉了一样。现在就想着千万别出事。我是有理由的。为自己担心的人，总是有理由的！最坏的局面是，我有理由，而且是到现在才有理由！但是，你们需要我干什么呢？我在这儿已经待第五天了。我要求给我两匹马，他们不给。你们把我关了起来，像在监狱里一样。你们要拿我怎么办？我在楼上这狭小的房间里受罪……你们要干什么？"

"请您冷静。您太紧张。"

"你们要摆脱我吗？"

"您说得夸张了。"

"我还没有那么愚蠢。我讨人嫌……很不幸，我到处唠叨我感到害怕，弄得人人都知道了。我不恐惧的时候，他们也不怕我。现在，我感到害怕了，我就变得危险了。这个，我是理解的。我再也得不到信任。但是我找您来，把您当成可以信赖的人。我作出这样的决定：起来，到您这儿来，直截了当地说出来。这是我最后的机会。我直截了当到您这儿来，因为一个人处在我这样的地位没有其他的路可走。您听我说，这是一个怪圈。你们怕我，因为我怕你们；我怕你们，因为你们怕我。我逃不出这个怪圈，只有一下子跳出来，半夜里敲您的门，虽然不认识您……您是有智慧的人，是作家，请您理解，请您伸出一只手来，让我走出这个困境。"

　　"我该怎么办？"

　　"让他们允许我走。放开我。我就盼着这一件事。放开我。让我退出。我可以步行走开——除非你们准备在野地里把我抓起来……请您说服他们，放我走吧，我对谁也不会做任何事的，我已经厌腻了，再也忍受不了了。我就想平平静静。平静。和你们一旦分开，就没有困难了。先生，请您帮助我吧，我请求您，因为您知道，我忍受不了了……请您帮助我逃走吧。我投靠您，因为我像逃亡的人一样，一个人对付不了所有的人，请您伸一把手给我，不要就这么留下我。我不认识您，可是我选择了您。投靠您。为什么你们要迫害我，我已经是没有一点害处的了——完全没有害处啊。都过去了。"

这是这个人想象中始料未及的一个纠结，他已经开始颤抖了……能告诉他什么呢？我满脑子还充斥着瓦茨拉夫，可是眼前又出来这么一个胡话连篇的人——够了，够了，够了！——还求我宽恕他。顷刻之间，我看到了问题全部的严重程度：我不能把他撵走，因为现在，他在我面前颤抖的生命强化了他的死亡。他来到我的面前，站在这儿，很近，因此显得巨大，他的生和死都层层加高，触及青天。与此同时，他的到来把我从瓦茨拉夫身边拉开，因而让我重新顾及我的任务，顾及我们在希波利特领导下的行动，而他，谢缅，变成了我们行动的对象……既然是行动对象，就被我们大家抛弃，从我们队伍里开除，所以我不能认识他，不能跟他交流，甚至不能跟他说话，我必须保持距离，为了避免他的接近，我必须使手段、用计策……所以我的精神像一匹马遇到不可逾越的障碍时候那样扬起前腿站立起来……因为他唤醒了我的人性，而我是不能把他当人看的，不允许。我应该给他什么回答呢？最重要的就是不能让他接近我，不允许他打动我！我说："先生，现在是战争时期。国家被外国人占领了。在这样的条件下当逃兵是奢侈的事，咱们承担不起。大家必须互相监视。这个道理您是知道的。"

"您的意思是……不愿意跟我……认真谈一谈？"

他等待了片刻，似乎是在品味越来越多地把我和他分开的沉默。他说："先生，您的裤子从来没有掉下来过吧？"

我又没有回答，因而拉大了我和他之间的距离。他耐心地说："先生，我丧失了一切，现在一无所有。说话就不用客客气气的了。我半夜来找您，互相也不认识，说话就直截了当吧，您愿意吗？"

他沉默了，等着我说话。我什么也没说。

"您对我有什么看法，倒也无所谓，"他冷漠地补充说，"可是我选择了您，当我的救星，或者杀我的人。您愿意要哪个角色？"

这个时候我对他使用了明显的谎言——我明白，他也明白——我就这样把他最终地推出我们这个圈子："我不知道您受到了什么威胁。您太夸张了。神经紧张吧。"

这两句话把他击败了。他没有回应——没有挪动，没有走开，站在那儿⋯⋯消极得很。似乎我剥夺了他迈步离开的能力。我觉得，他可能保持这样的姿态一连几个小时，一动不动，为什么动呢——他要留下⋯⋯加重对我的威压。我不知道对他该怎么办——他也不能帮助我，因为我把他推开了，撵走了，没有了他，我倒觉得孤独⋯⋯好像我手里攥着他似的。在我和他之间什么也没有，只有冷漠，不友好的冷淡和反感，对于我来说，他是陌生的、令人厌恶的！狗、马甚至虫子，我觉得都比这个年纪不小、走投无路的男人可爱，他脸上就写着他全部的经历——总之，男人容忍不了男人！对于一个男人来说，没有比另一个男人更可厌的了——这话明摆着是指岁数不小、经历写在脸上的男人。他对我没有吸引力，没有！不能赢得我的好感。不能得到我的关怀。不能让人喜欢。他的精神面貌可厌，一如他的躯体，就像瓦茨拉夫一样，甚至有过之而无不及——令我厌烦，就像我令他厌烦一样，我和他像两头野牛一样交叉起犄角互相格斗——还有，我在这困倦疲惫的状态中令他厌烦，这个事实加重了我的厌烦感。先是瓦茨拉夫——现在又加上他——两个讨厌的东西！我还得跟他们在一起！男人只有在放弃自己的时候，才能得到其他男人的容忍——得为荣誉、美德、民族、斗争……而放弃自己……但是，仅仅作为成年男人的男人——是何等不可容忍的怪物啊！

但是，他选择了我。他到我这儿来报到——现在却寸步不让了。站在我面前。我咳嗽了一声，这一声咳嗽表明，情况正在变得越来越严重。他的死——虽然讨厌——现在却近在眼前，似乎不可避免。

我只盼望着一件事——让他快走。后来我又想，让他先走。我为什么不说我同意，不说会给他带来帮助呢？这是没有约束力的呀，随时可以把这个诺言变成一个手腕和计策嘛——如果我想灭了他，就向希波利特做个报告；实际上，这也是可取的，为了我们的行动、我们团组的目的，而且可以争取他的信任，把他控制起来。如果我决定灭了他……对一个即将被灭口的人说谎，有什么不可以的？

"您听我说。首先，要控制住精神。这是最重要的。明天请您到楼下吃早餐。请您告诉大家，那不过是精神危机，已经快过去了。您正在恢复正常。您要显得紧张状态已经过去了。我会和希波利特谈一谈，尽力协助安排您离开。现在请您回您的房间吧，我这儿还有人要来……"

虽然我说这样的话，却不知道自己都说了些什么。是真实呢，还是谎言？是帮助呢，还是背叛？不久会弄清楚的——现在让他快走！他站起来，伸了伸腰，我在他脸上没有看出来一丝的希望，没有一点的惊动，他没有说声谢谢的意思，连目光也没有显示一点和蔼……他预知没有成功，他无计可施，只有忍受现有的身份，艰难而可厌——自己的毁灭可能是更丑陋而可厌的。他至少凭自己的存在勒索……唉，和卡罗尔是多么不同啊！

卡罗尔！

他走后，我开始给弗雷德里克写信。这是报告——我汇报了夜里这两个人的来访。也是文件，凭这个文件明确表示参加共同的活动。书面的表态。开始对话。

十一

次日，谢缅下楼用午餐。

我起晚了，正好在大家入座时候到来——这个时候，谢缅出现，他刮了脸，抹了发膏，洒了香水，上衣的衣袋露出手帕。这是一具行尸的到场——因为两天以来我们一直不断地在处死他。这具行尸还依然以骑士的风度亲吻玛丽亚夫人的小手，和每一个人寒暄，解释说"突发的不适开始消失"，"全家人都在这儿聚会"，他一个人在楼上憋着，他已经厌腻了。希波利特亲自给他搬来椅子，有人把餐具迅速放好，大家对他的注意恢复，好像没有什么变化；他坐下了，威严而郑重，和他刚来那天晚上一样。给他拿来一盘汤。他要伏特加。一定费了不小的力气——行尸的言谈、行尸的进餐、行尸的饮酒，都是他极为勉强的心情强迫作出的，恐惧的威力强迫出来的。"胃口不太好，但是可以品尝一下汤。""再添一点伏特加吧，请原谅。"

这一次午餐……不顺畅，却有隐蔽的动力标志。充满欢快的笑谈，各种不同的见解，却又含义模糊，像是话里有话地闲聊……瓦茨拉夫坐在海妮亚旁边，大概和她细谈过，"凭敬重赢得了她"，两个人彼此给予多方的注意，时时刻刻互献殷勤，她变得高贵起来，他也变得高贵起来——两个人都高贵起来。至于弗雷德里克，依然话多、随和，但是显然被谢缅推到次要的地位：谢缅在不知不觉中主导了场面……是的，比他初来的时候更变本加厉，我们对于他的愿望，包括最细小的，都表示服从，但是内心却十分紧张；这些愿望开始的时候是请求，但是在我们心里却变成了命令。我已经知道，他的凄惨处境正在从恐惧转变成为以往的权威，已经丧失的权威，所以我把它看成是一出闹剧！起初，这一切还有好心善良的掩饰，有如波兰东部的军官或几分的哥萨克，带着几分虚张声势，但是到下一步，他精神的消沉就开始从全部的细胞里冒出，消沉，还有我昨天就已经注意到了的那冰冷无情的淡漠态度。他脸色变得灰黑而丑陋。这种复杂的纠结在他心里肯定变得不堪忍受，所以在我们面前，因为恐惧，他努力恢复已经失去的、过去的谢缅的形象，他比我们更惧怕这个旧的形象——他已经无法和旧的形象比拟：那个谢缅是"危险的"，他常下命令，指挥众人，掌握了生杀予夺的大权。"我可以要一小片柠檬吗"这句话听着和蔼悦耳，波兰东部的口音，甚至有点俄罗斯语言的意味，但是这话又软中透硬，其深处标示出对他人之存在的不尊重。而他，因为感觉出来这一点而感到害怕，而恐惧又因为害怕而膨胀。我知道，弗雷德里克一定煽动了一个人身上的恐惧与惊骇同时膨胀。但是，谢缅的表演很可能不会这样肆无忌惮，因为卡罗尔坐在桌子对面，跟谢缅一起戏耍，竭尽全力维持谢缅的威权。

卡罗尔在喝汤，往面包上抹黄油——但是谢缅立即又控制了他，像他刚来的时候那样。这小子又有了老爷。他的双手变成了士兵的手，灵活起来。他全部的未成年的身心都立即顺服地依从了谢缅，依从而屈服——他吃东西，是为了为他服务，把黄油抹在面包上，必须先得到他的允许，而他的脑袋向他低垂，理好的短头发软软地飘落在脑门子上。他没有以此来表达什么——他那样都是自然而然的——就像一个人因为闪电而变化似的。也许谢缅并没有意识到，但是在他和这个少年之间形成了某种关系，于是他的阴沉，承载了威权（已经是假装出来的）不友好的阴云开始寻找卡罗尔，并且在他身上堆积。瓦茨拉夫予以协助，坐在海妮亚身旁、高贵了的瓦茨拉夫……有正义感、要求爱情和美德的瓦茨拉夫……他在观望，领袖如何因为这个少年而变阴沉，少年如何因为这个领袖而变阴沉。

他，瓦茨拉夫，一定是感觉出来了，这是在反抗他所维护的以及维护了他的那种尊敬的态度——因为在这个领袖和这个少年之间正在生成另一种态度，就是藐视——首先是对死亡的藐视。这个少年不顾生死而投靠这个领袖，正是因为这位领袖不怕死也不怕杀人——正是这一点使得他成为其他人的领袖。随着对于生死的藐视而来的，是全部其他可能的贬损态度，对于一切事务的贬低，这个少年藐视一切的性格和这个领袖阴沉而威权的冷漠态度不谋而合——他们互相承认，因为都不怕死、不怕苦，前者因此是少年，后者因此是领袖。局面变得尖锐化了，因为人为的现象更难于控制——谢缅要挽救自己的恐惧把自己变成领袖。这个人工制造的、被这个少年演变成为某种现实的领袖，他窒息了、压抑了少年，令其惊骇。弗雷德里克大概一直在吸收（我是知道的）谢缅、卡罗尔、瓦茨拉夫这三个人力量突如其来的强化，这样的强化预示了局面骤然的爆发……而她，海妮亚，正在宁静地低头喝汤。

谢缅继续吃……这是为了显示，他能吃，和众人一样……他还努力显示自己草原之子的魅力——虽然这魅力被他行尸般的冰冷毒化，这美丽在卡罗尔身上立即变成暴力和鲜血。但是，恰巧这个时候，卡罗尔请求要一杯水，海妮亚把杯子递给他——也许杯子从一只手传送到另一只手的时间稍微地延长了一点，可能让人觉得，杯子离开自己的手迟缓了几分之一秒。这是可能的。是不是这样啊？这么一丁点小的证明到了瓦茨拉夫眼里，却像一个大头木棒子，他脸色变得灰冷——弗雷德里克只不过冷漠地扫了他们一眼。

　　蜜饯送上餐桌。谢缅沉默了。现在他坐在那儿越来越不舒服，似乎他的礼数都已用尽，似乎他最后放弃待人以礼，似乎恐怖的大门已经向他全然敞开。海妮亚开始玩弄进餐用的叉子，恰巧卡罗尔也摸到叉子——正好也不知道他是玩弄叉子呢，还是仅仅碰到了，也可能纯粹偶然地，叉子正好就在手边——但是，瓦茨拉夫脸色又变得灰黑了——这真的又是偶然的吗——这也是偶然的吗？啊，当然啦，可能是偶然的——十分细小的动作，几乎没有办法观察到呢。但是，也不能排除……这样的一个微小细节允许他俩玩一个小游戏，咳，轻轻的、小小的、细微的游戏，以至于（女孩）可以全心投入和（男孩）一起玩，却又不至于影响她对未婚夫的忠诚——的确，这是完全捕捉不到的……是不是动作的轻微诱惑了他们——他们的手掌最轻微的动作像沉重打击了瓦茨拉夫——也许他们控制不了自己，摆脱不了这个游戏，其本身没有什么，但是对瓦茨拉夫确实是极其严重的打击。谢缅吃完了蜜饯。如果卡罗尔确实真的如此戏弄了瓦茨拉夫，咳，细微得连他自己也没有发现的话，那么，这也丝毫没有破坏他对谢缅的忠诚，因为他像士兵一样地玩耍，时时准备牺牲，所以不以为然。这个特点就是人工制造痕迹带来的行为，奇异地不受限制——因为这番耍弄叉子的游戏乃是小岛上那出戏的延续，他们在那儿的调情本来就是"戏剧性的"。因此，在餐桌旁边，我陷于两个困惑中间，这比现实可能造成的一切更为紧张。人造的领袖和人造的爱情。

大家起身，午餐结束。

谢缅走向卡罗尔。

"喂，你……小子……"他说。

"有什么事？"卡罗尔感到高兴，回答说。

然后，这位军官一双惨白的眼睛转向希波利特，冷冷地，很不愉快地。"可以谈一谈吗？"他透过牙缝说。

我想听听他们的谈话，但是他一句话把我挡住了："不是和您谈……"这叫什么话？是命令吗？他是不是忘了夜里他跟我说了什么话？但是我顺从了他的愿望，留在露台上，他和希波利特去了花园。海妮亚在瓦茨拉夫身旁，一只手搭在他肩膀上，好像他们之间什么事也没有发生，她重新对他忠诚；但是卡罗尔站在敞开的门旁边，没有忘记把手放在上面（他的手在门上——她的手在瓦茨拉夫身上）。未婚夫对女孩说："走，散步去吧。"而她的回答像回声一样："走。"他们沿着林荫路走了，而卡罗尔留在那个地方，像一个没有说完、没有让人听见的玩笑……弗雷德里克目光跟着年轻的一对和卡罗尔，嘟囔着："太可笑了!"我的回应是难以察觉的冷笑。

一刻钟以后，希波利特回来，召集我们大家到了书房里：

"必须了结了他，"他说，"今天夜里必须办这个事。他在施加压力呢!"

于是他坐在沙发椅上，眯缝着眼睛，愉快地重复："施加压力!"

原来，谢缅又要求给他马匹——但是这一次已经不是请求——他的话让希波利特长时间恢复不了平衡。"先生们，他是一个恶棍！杀人犯！他要马，我说，今天没有，明天……于是他就用手指头尖掐我的手，攥住就掐，我告诉你们，他是典型的杀人犯……他还说，如果到明天早晨，到早晨十点，没有马的话，就……"

"他施加压力！"他说，害怕得不得了。"今天夜里必须把事办完，不然明天早晨我必须把马交给他。"

又轻轻补充说：

"必须把马交给他。"

我感到出乎预料。显然谢缅没有坚持我和他昨天设计的他该扮演的角色，他没有诚恳地、和蔼地说话，而是发出了威胁……显然他受到了侵袭，受到了原来那个危险的谢缅的恐吓；他在午餐时候把自己身上的那个谢缅唤醒了，因此他身上滋生出威胁、命令、压力、残酷（他抵御不了这一切，因为他比别人更惧怕这些危险）……总之，他又变成一个威胁。但是，至少有一点好处，这就是我不再感觉要特别为他负责，像昨夜在我房间里那样，因为我把问题交给了弗雷德里克。

希波利特站了起来。"先生们，是啊，该怎么办呢？

谁?"他掏出四根火柴,掰掉了其中一根的火头。我瞥了弗雷德里克一眼——等他作出反应——我是否透露出来昨夜和谢缅的谈话呢?但是他脸色极端苍白。他正好吞咽了一口唾沫。

"对不起,"他说,"不知道该不该……"

"什么?"希波利特问。

"死。"弗雷德里克说出了这个字。瞄了瞄侧面。"杀——死——他?"

"还有什么别的?有命令。"

"杀——死——他。"他重复。谁也没看。他一个人,和这个词语。没有别人——只有他和"杀——死——他"这个词。他毫无血色的苍白脸色不可能说谎,苍白,是因为他知道杀死他的含义。在这个时刻,他知道得一清二楚。"这个……我……不能……"他一面说,一面在身后摇摆手指头,向侧面、侧面、侧面摇摆……突然他把脸转向瓦茨拉夫。

好像他苍白的脸上出现了什么暗示——他还没开口,我就有充分理由知道,他还没有垮掉,还在指挥行动,作出部署——盯住海妮亚和卡罗尔——盯着他们!到底怎么办呢?

他怕了吗？还是正在追捕他们？

"也不是您！"他对瓦茨拉夫说，直截了当。

"我？"

"这样的事您怎么干得了……动刀的事——得用刀——不能用手枪，声音太大——您怎么能动刀呢，您母亲刚刚被人用……刀……您？您和您母亲都是天主教徒吧？我得问问！您怎么安排干这事呢？"

他说话已经不流畅，但是意思还是清楚的，外加面部表情辅助；他大喊"不行"，脸都快贴到瓦茨拉夫的脸上了。毫无疑问他"知道自己说了什么话"。知道"杀死"的意思，而且已经到了忍耐的尽头，这件事他干不了，这可不是玩的，不是耍心眼，此时此刻，他很认真！

"您想逃避吗？"希波利特冷冷地问道。

他以笑作答，笑得无奈而愚蠢。

瓦茨拉夫吞咽了一口涎水，好像被迫吃掉了什么不能吃的东西。我心里想，到目前为止，像我一样，对这样的事情报以战争时期的心绪，也就是说，这次的行刑是许多次行刑之一，又加上的一次——虽然令人厌恶，但也平平常常，甚至必不可少，也不可避免——可是，把任务交给了他，从许多人里挑出来的一个，当成一件了不得的重大灭口行动！他也变得脸色煞白。想起了他的母亲！这把刀！这把刀和……他母亲那把刀一样……这样，他就是用从他母亲身上拔出来的刀瞄准一下子刺过去，而且这个动作要在谢缅身上重复数次……然而，也许，在他布满微细皱纹的前额，母亲和海妮亚混合了起来；不是母亲，而是海妮亚变成了具有决定意义的因素。他一定看到自己扮演挥刀砍杀的斯库加克的角色了……但是，他又怎么能够忍受海妮亚和卡罗尔在一起？反对他们的结合？反对海妮亚接受他（男孩）的拥抱？未成年的海妮亚进入他的怀抱？海妮亚被男孩粗暴地拥有？……像斯库加克那样杀掉谢缅——但是以后他会变成什么人？另一个斯库加克吗？拿什么来平衡那未成年的力量呢？如果弗雷德里克没有分离和夸大这次的动刀……但是，现在，这是动刀，这次的杀戮会击溃他自己的尊严、荣誉和美德——他为了母亲和斯库加克斗争所争取的一切，为海妮亚和卡罗尔斗争所争取的一切。

　　大概正是这一点使得他在转向希波利特之后不客气地说，似乎报告已知的事实那样：

　　"这，我干不了……"

弗雷德里克很得意地对我说，那语调是我必须回应：

"您呢？您动手吧？"

嗨嗨！什么"这不过是个计策！"他假装恐惧，迫使我们拒绝，是有目的的。真是很难相信：他的这番恐惧、苍白、汗珠、颤抖都到达了极点，却是一匹马，他骑着这样的一匹马……奔向那妙龄的膝盖和双手！他把自己的恐惧用于情色的目的！这是欺诈的巅峰，难以置信的下作，不可接受，难以忍受！他对待自己像对待一匹马！但是他的奔驰裹挟了我，我感觉自己必须和他一起奔跑。而且，显然，我不愿意去杀人。我感到幸运的是，我可以躲开这件事——我们的纪律和团结已经崩溃。我回答说："我不干。"

"真是乱了！"希波利特粗声接应，"都敷衍得够了。既然这样，我自己干好了。用不着别人帮助。"

"您？"弗雷德里克说，"您吗？"

"是我。"

"不行。"

"为什么？"

"就是不行……"

"先生，"希波利特说，"您想一想吧。人不能太糊涂。

应该有一点责任感。这是任务，先生！这是军务！"

"出自军务感，您就要杀——死——一个无辜的人吗？"

"这是命令。我们收到了命令。先生，这是行动！我不会离开队伍，大家必须在一起。必须这样！这是责任！您要怎么样呢？把他活着放走吗？"

"这不可能，"弗雷德里克表示同意，"我知道，这不可能。"

希波利特瞪大了眼睛。他是否料到弗雷德里克会说"是的，您放走他吧"了吗？预计他说这样的话吗？如果他有这样秘密的希望，弗雷德里克的这个回答则切断了他的退路。

"那您想怎么样呢？"

"我知道，当然……必要性……义务……命令……不能不……但是您要我……您不会杀——死——他……您不……您不会！"

希波利特遇到了这个谦恭的"不"字，轻声说出来的"不"字之后，一下子坐了下来。这个"不"表明谁都知道杀死是什么意思——而这一点知识现在正直接指向他，带来巨大的困难。他蜷缩着躯体瞧着我们，好像透过一个窗口，瞪着眼睛。在我们三次夹杂了厌恶之感的拒绝之后，以"普通方式"铲除谢缅已经不能列入议题。在我们表示厌恶这一压力之下，这样的做法变得可厌。他不能再显出浅薄。虽然他不是一个太深刻和有计谋的人，却是某种环境、某个阶层里的人，而当我们大家都变得深沉的时候，即使从同伴相处的角度来看，他也不能还是那样浅薄了。在某些情况下，为了避免失去社交的资格，是不能显得"不够深沉"、"不够文雅"的。这就是，常规迫使他走向深刻，和我们一起穷尽"杀死"这个词语的语义，他像我们一样看到，这就是——残暴行为。和我们一样，他也感到无奈。自己亲手杀死某一个人吗？不，不，不行——而"不杀"却又意味着逃避、背叛、怯懦，没有完成任务！他摊开双手。他陷于两难的境地——而他自己就是一个难处。

"那怎么办呢？"他问。

"让卡罗尔干！"

卡罗尔！原来这个弗雷德里克心里一直琢磨着卡罗尔——这个狐狸！这个大滑头！倒是要什么办法，有什么办法！

"卡罗尔吗？"

"当然了。由他来干。您命令他就是了。"

按照他说的话，这件事似乎轻而易举，根本就没有什么难处。就跟让卡罗尔在奥斯特罗维茨去买东西一样。也不知道为什么他说话语调的变化显得很有道理。希波利特表示犹疑。

"得把这事托付给他了?"

"那还能给谁?咱们干不了,不是咱们干的事……可是又必须得干,没别的法子!您告诉他吧。他会照办的。对于他来说,这不是个问题。他怎么能不干呢?您下命令就是了。"

"肯定我下命令,他就照办……可是怎么可以这样呢?为什么?他就应该……替我们干吗?"

瓦茨拉夫加入讨论,很紧张。

"您没有想到,这是冒很大风险的……要负责任的。不能这么利用他,把风险都推到他身上,不行。不能这么干!"

"我们可以承担风险。如果事情泄露出去,我们就说,这是我们的主意。还有什么可说的?这不过是找个人拿把刀使劲一捅——他干起来比咱们麻利。"

"但是,我跟您说,咱们没有权利因为他才十六岁就使用他,让他灭口……替咱们当杀手……"

他惊慌了。把卡罗尔硬推进他干不了的谋杀案,利用他少年无知。卡罗尔还是小孩子……但是这样不妥,损害了他和这小孩子的关系……即使和小孩子相比他是有力量的！他开始在室内踱步。这可能是不道德的！——他发火了，好像最保密的丢人事件被触及似的，满脸通红。可是，希波利特渐渐地习惯了这个想法。

"是可行的……实际上最简单不过……责任，谁也不能回避。要点是，不能……因为同样的一个事实……玷污了自己……这不是为了我们做的工作。是为了他。"

他镇静下来，似乎受到魔杖的点拨——似乎最后终于出现了唯一的解决办法。他认识到这是符合自然秩序的解决办法。他没有躲避。他发布命令——而卡罗尔执行。

他重新取得了沉静和智慧。变成了贵族。

"我怎么没有想到啊。当然这么办！"

这真是一个特殊的场面：两个男人，一件事让其中一个受到羞辱，却让另一个挽回了尊严。"利用一个少年的行为"给其中一个带来耻辱，却给另一个带来骄傲，似乎其中一个因此更具大丈夫气概，另一个变得男人气减少。但是弗雷德里克，哟，真是天才人物啊！善于把卡罗尔也拉进来……把全部这件事推在他身上……因此，计划中的死亡火热起来，炽烈起来，不光是因为卡罗尔，而且还因为海妮亚，他们的手、他们的脚——而那具设想中的尸体也突然焕发出被禁止的肉感，男孩和女孩混合着，奇异而又粗糙。热力渗入——死亡已经变得蕴含了爱情。一切——包括这次的死亡，我们的恐惧和厌恶，我们的无奈——之所以在那儿显现，都是为了让一只年轻且太年轻的手去抓住它……我已经浸沉其中，不是把它当作一次谋杀，而是浸沉在他们未成熟的、没有声音的肉体的某种自由奔放里。真是欢畅！

同时，这里也包含了某种狡猾的讽刺意味和甚至失败的意味——就是说，我们，这些年长者，追着赶着请求一个少年帮助，让他干我们干不了的事——这个谋杀事件难道是一根纤细树枝上的一颗樱桃，只有体重小的人才能摘下来吗？……体重小！突然之间，大家都往这个方向奔跑，弗雷德里克、我、希波利特，都奔向这个少年，好像奔跑着去夺取某种解除负担的神秘炼金术似的。

突然，瓦茨拉夫也表示同意使用卡罗尔。

如果他拒绝的话，他本人就必须去干这件事，皆因我们大家都已经撤出了竞赛。其次，他很可能把事情弄糊涂了——他身上的天主教思想发出声音，所以他突然觉得，当了杀手的卡罗尔会让海妮亚厌恶，就像他如果当了杀手一样——这个错误来源于这样一个事实：他用心灵闻鲜花，而不是用鼻子，他过多地相信了道德的美和罪恶的丑。他忘记了，罪恶在卡罗尔身上发出的气息可能跟在他身上发出的不一样。因为抓住了这个幻象，他才同意的——因为，在现在这混乱的局势下，如果他不想脱离我们，被甩到边缘去，他就不得不同意。

弗雷德里克担心他们改变主意，所以急忙去寻找卡罗尔——我跟在他后面。他不在家里。我们看见海妮亚在一个柜子里面翻找衣服，但是我们要找的不是她。我们感到着急了。卡罗尔到哪儿去了？我们越找越急，也不说话，跟生人似的。

他在马厩里照看马匹呢——我们把他叫了出来——他笑嘻嘻地走到我们面前。他这笑容我记忆犹新，因为我们叫他的时候，我一下子想起来我们让他办的事有多么沉重。因为他崇拜谢缅，忠于谢缅。所以，怎么能够强迫他做这样的事呢？但是，笑容立即把我们搬到另一个境界，一切都变得友善而急切。这个孩子已经知道他自己的优点。他知道，如果我们向他索取什么，那就是他的青春——他向我们走过来，有点嘲笑的意味，但是也准备游戏一番。他来了，显得高兴，这表明他和我们互相取得了很大的信任。说来也很奇怪：游戏、轻快的笑容，却是通向即将发生的残杀事件的前奏。

"谢缅背叛了，"弗雷德里克简洁解释道，"有证明。"

"唉哟！"卡罗尔说。

"今天必须把他处理了，夜里。你干得了吗？"

"我？"

"你害怕吗？"

"不怕。"

他站在车辕旁边，车辕上挂着挽具。一点也没有流露出他对谢缅的忠诚。一听说灭口这件事，他变得话少了，甚至显得有点羞怯。变得冷漠而拘谨。看样子他是不会抗议的。我想，对他来说，杀死谢缅，还是听从谢缅的命令去杀人，对于他来说都是一件事——把他和谢缅连结起来的就是死亡——无论是谁的死亡。他是谢缅唯命是听的小兵——但是在听从我们的命令而反对谢缅的时候也是听从我们的，是我们的士兵。显然，他对领袖的盲从蜕变成为瞬间之内的能力，在沉默中杀人灭口。他不会感到诧异的。

（少年）只是短暂瞥了我们一眼。这道目光包含了某种秘密（他似乎在问：你们跟着谢缅呢……还是跟着我呢），但是他没有开口。变得谨慎了。

如此轻而易举，连我们自己也感到震惊（好像把我们完全带进另外一种维度），我们带他去见了希波利特；希波利特向他提出补充的教导——夜里带着刀去——一切行动都不能弄出声响。希波利特完全恢复了平衡，发出指示，像军官一样——一切运用自如。

"门要是开不了怎么办呢？他是从里面锁门的。"

"你有办法让他开门。"

卡罗尔走了。

我见他就这样走了，感到激动和愤怒。到哪儿去了？回自己房间吗？回自己房间——这是什么意思？他那个地方，死一个人和杀一个人都一样容易，这是怎么回事？我们都看到他有准备、又听话，因而可以判断他很适合这个任务——这事办得多么顺利！唉，他就这样优雅地、静静地、服服帖帖地走了……我不怀疑，他去见她——见海妮亚去了，一双手拿着我们交给他的一把刀。毫无疑问，现在，他，一个带着刀的小子，要去杀人的小子，更可能去征服她和占有她——如果不是希波利特留住我们做进一步商议的话，我们会追在他后面跟踪的。过了一段时间之后，我们离开了希波利特的书房，要到花园里去侦探他，和她——但是刚走到门厅，就有瓦茨拉夫突然中断的、压低的声音从餐厅里传来——那儿有事了！我们转回来。场面很像在那个小岛上。瓦茨拉夫离开海妮亚两步——不知道他俩怎么了，但一定是有点事。

卡罗尔站在旁边，远一点。

瓦茨拉夫见到我们，说：

"我给了她一个嘴巴。"

说着就走了。

于是，她说：

"他打我！"

"打了。"卡罗尔重复说。

他们笑了。吞声闷气地笑。狡黠而开心。但也不是真心的——不是太过分地——只不过彼此闷笑几声而已。笑得很文雅。他们倒是都挺喜欢他"打了个耳光"，让气氛活跃了起来。

"因为什么惹恼了他？"弗雷德里克问，"他怎么了？"

"那您说呢？"她回答。她快活地眨了眨眼睛，撒娇似的，于是我们立即猜到了，跟卡罗尔有关系。这个事很奇妙有股魅力，她连个眼色都没有递出来，因为她知道没有必要——她撒娇了，这就足够了——她知道，我们也许喜欢看到她只和卡罗尔在一起。现在交流多么容易啊——我也知道，他们两个人意识到了我们的好意。他们活跃、嬉笑，完全知道自己能够抓住我们。已经很明显了。

不难看出，瓦茨拉夫受不了了——他们一定又挑逗了他，用某种几乎看不出来的目光或接触故意让他看见……都是些小孩子们的挑逗！弗雷德里克突然问她：

"卡罗尔没跟你说什么吗？"

"什么？"

"今天夜里……谢缅……"

他做了一个滑稽的抹脖子的动作——如果这个玩笑没有包含这样十分沉重的内容的话，这个动作倒也滑稽。虽然沉重，他还是耍了滑稽。她什么也不知道，没有，卡罗尔什么也没有偷偷告诉她。因此，他简洁地告诉了计划中的"除恶"，由卡罗尔来完成。他说话的样子，就像谈及一件十分普通的事情。他们（包括卡罗尔）听着——该怎么说呢——没有表示反对。他们也只能这样听着，因为必须讨我们的喜欢，他们也就很难作出什么反应。只能是在弗雷德里克说完话的时候，她没有反应——他也没有——他们继续沉默。还不清楚这都是什么意思。但是（这小子），在壁板旁边，变得忧郁，而她，也沉下脸来。

弗雷德里克解释说："主要的困难是，谢缅在夜里可能不给开门。他会感到害怕。你们可以两个人去，海妮亚，你找个借口敲门。他会给你开门的。他不会想到不给你开门。你可以说，例如，有一封信给他。他一开门，你就后退，卡罗尔趁机溜进去……这大概是最好的办法……你们觉得怎么样?"

他提议，但是没有施加什么压力，"就这样吧"，这话有道理——因为整个设想都十分勉强，根本就没有把握让谢缅立即给她开门，而他也只能勉强隐藏这个提议的真实含义：把海妮亚吸引进来，让他们两个人一起……他设计了类似小岛上的场景。令我吃惊的不是这个想法，而是实施的方法——因为他是突然地，好像随意地提出来的，而且利用了这个时机：他们正好特别倾向于款待我们，和我们结盟，吸引我们——而且两个人在一起，在一起！很明显，弗雷德里克指望着这一对情人的"善意"——为了满足他，他俩没有问题会表示同意的——他又一次指望那种"轻而易举"，也就是卡罗尔已经显示出来的轻易。他不过是想让他们"一起"踩死一个虫子……但是，现在，他的意图在情色、性感和爱情诸方面的意味已经难以隐蔽——因为显而易见！片刻之内，我觉得这件事的两个方面在我们面前互相角力：一方面，这个提议真够可怕的，意思是要把这个姑娘卷进罪恶，卷进谋杀……但是，另一方面，这个提议又是"令人迷醉、令人兴奋的"，因为要让他俩"在一起"……

哪方面占上风呢？这个问题我考虑了相当长的时间了，因为他们没有给我痛痛快快的回答。同时，我也看得清清楚楚，他们站在我面前，互相总是不友好、不温柔而且粗鲁——但是，虽然这样，他们还是躲不开一个事实：他们不断地吸引我们，我期望被他们迷醉，让这一点迫使他们对我们俯首贴耳。他们已经不能够违背我们在他们身上发现的美。而这一屈从的态度是适应他们的——因为，说到底，他们是准备服从的。这又是"对自身完成的行为"之一，青少年特有的行为；这样的行为凸显青少年的特性，因而迷醉到了几乎丧失目标和忘记事务外在意义的程度。对于他们，最重要的不是谢缅，不是他的横死，而只是他们自己。（女孩）的回答不过是：

"怎么不行呢？能够做到的呀。"

卡罗尔突然大笑，笑得挺傻气的。

"能干，就干得成；干不成，就是干不成。"

我觉得，他正是需要这样的傻气。

"好啊。那你就敲门，然后闪开，由我来收拾他。就这样，只不过不知道他开不开门。"

她笑了："别担心，我一敲门，他准开。"

现在她也冒出了傻气。

"我跟你们说：别担心。"弗雷德里克说。

"请您放心吧。"

谈话到这儿结束了——这类的谈话不能拉长。我走到露台上，从那儿到了花园，我想放松，呼吸呼吸——这一切都进展得太快了。光线渐渐暗了下来。色彩都失去了玻璃似的光泽，绿色和红色不再有鲜艳之感——这是色彩在傍晚的阴影中休息。深夜遮蔽了什么呢？这就是……要踩死一条虫子——但是虫子不是瓦茨拉夫，而是谢缅。这一切能不能踏踏实实办好，我没有把握，一股阴火时时烤得我发躁、发急，让我丧失信心，失去勇气，甚至感到绝望，因为这太奇幻、太飘浮、太不真实了——是某种游戏，是的，从我们这方面来看，的确就是"催火"。这儿只有我一个人，站在树丛中，我完全丧失了方向感……于是我看见瓦茨拉夫走近。"我要和您解释一下，请您理解我！我没有打她，但是，他是丑陋，干脆告诉您，那就是丑陋！"

"怎么回事？"

"他让我出丑！真是出了大丑，穿得薄薄的……但是这不是我的幻觉……遮盖得薄薄的，是个大丑！大家正在餐厅里谈话。来了——是他。情人。我立刻觉得，她虽然对着我说话，话却是冲着他说的。"

"冲着他说的？"

"冲着他，不是她说的话，而是……一切。她整个的人。貌似和我说话，同时眼睛却瞅着他，全神注意着他。当着我的面儿。还装着跟我说话。您信不信啊？有点意思吧……我看出来了，他虽然跟我说话，却跟他贴在一块儿……一点不假。好像我根本就不在那儿似的。我打了她一个嘴巴。我现在怎么办？您说，现在我能怎么办？"

"不能和好了吗？"

"可是，我打了人了！把事做绝了。打了人！现在一切都已经成了定局，完了。我打了人！我自己也不知道，怎么能……您知道吗？我心里想，如果我没有允许让他去干这个……灭口……的事，我也就不会打她嘴巴。"

"怎么个意思呢？"

他很厉害地瞥了我一眼。

"因为我现在不在理啊——都因为他。我允许他替我去干事儿。我丧失了道义根基，所以我打她。打她，因为我的痛苦没有什么意义。不值得尊重。丧失了尊严。所以打她、打她、打她……我不单要打他——我还要宰了他！"

"这叫什么话？"

"杀死他没什么难的……算不了什么！杀死……这样的吗？跟踩死一个虫子一样！小事！小事！可是另一方面，杀死这样的……是丑事！可耻！这比对付成年人难多了。太难对付了。厮杀是男人之间的事！我如果割断他的脖子，会怎么样呢？……不过是说说，您不用害怕。这是说笑话。这一切都是渺小的笑话！他们拿我当笑话耍，我为什么不该开一开玩笑呢？上帝啊，原谅我的玩笑吧，我是欲罢不能！上帝，上帝啊，你是我唯一退避的去处！我想说什么呢？啊哈，我应该去杀……谢缅……应该由我去干，还有时间，必须赶快……把灭口的事从这个孩子手里收回来……因为，只要我还把这个事推给他，我就是错误的，大错特错！"

他陷入沉思。

"太迟了。你给了我一个措手不及。现在还怎么收回来交给他的任务呢？现在已经知道，我竭力参与这件事不是因为这是一个义务，而仅仅是为了不把她让给他——不是失去我在精神上对她的优势。我全部的道德——就是要得到她！"

他摊开双手。

"我看不清楚该做什么。我担心，我无事可做。"

他又说了几件值得注意的事。

"我现在是赤裸的！我觉得很赤裸！上帝啊！他们真是脱去了我的衣服！我，在这个年纪，已经不应该再赤裸了！赤身裸体——这是年轻人的事！"

他继续说。

"她不仅背叛了我。她背叛了男性。总体的男性。她对我不忠实，不把我当成年男人。那么，她是不是女人呢？嘿，我告诉您吧，她是在利用她还不是女人这个事实。"

"他们利用自己的分离状况，某种十——分——特——殊的状态——直到现在我才知道，竟有这样的状态存在……"

还有：

"我只不过要问问，他们从哪儿找到这样的办法？我再说一遍：他们自己是不可能想出那个点子的……小岛上的事。还有现在对付我的办法……这些挑衅……太聪明了。希望您能理解：他们不可能想出来的，因为太奇妙了。他们到底从哪儿拿到的呢？从书本里吗？谁知道啊！"

＊　＊　＊　＊

一层越来越浓稠的雾色从下面上升，妨碍了视线，虽然树冠还在羽绒般的欢快的天空中沐浴，树干却已经模糊不清，拒绝人的观看。我看了看砖头下面。有一封信。

　　请和谢缅谈谈。
　　请您告诉他，您和海妮亚夜里护送他到田野里，卡罗尔备车等他。让海妮亚夜里去敲他的门，以便护送他出去。他会相信的。他知道卡罗尔是他的人，海妮亚是卡罗尔的人！他是坚信的！敲门让他开，这是最好的办法。重要。切忌疏忽。

请牢记：已经不能后退。后退只能变得更糟。

斯库加克怎么样？干什么呢？让我操心。不能让他在旁边待着，他们应该三个人一起活动……但是具体怎么办呢？

小心谨慎！不要强迫。尽量细致，提高嗅觉，避免激化局面，避开不必要的风险，好运气将随着咱们走——最要紧的是避免功败垂成。请保重。谨慎！

※　※　※　※

我去见谢缅。

我敲门——他知道是我，就开了门，但是他立即又回到床上。他这样躺了多长的时间了？他穿着袜子——一双皮鞋擦得锃亮，在地板上一堆香烟头之间闪闪发光。他一根接一根地抽。手腕细长，手指上戴着戒指。显得不想说话。他仰卧着，望着天花板。我告诉他，我来是给他一个警告：不要抱幻想。希波利特不会给他马匹的。

他没有回答。

"明天，后天，他都不会给。而且，你担心他们不会活着放您走，这担心是有道理的。"

沉默。

"我愿意帮助您。"

没有回答。

他躺在那儿，像一根木头。我想，他是害怕——但是这不是恐惧，这是愤怒。蔑视加恐怖。他躺在那儿，蔑视加愤怒——如此而已。他是歹毒的。这是因为（我想）我看透了他的弱点。我识别出他的弱点，弱点变成了愤怒。

我说出了计划，告诉他，海妮亚会来敲门，我们把他护送到田野里去。

"滚球蛋……"

"您有钱吗？"

"有。"

"很好。请您做好准备——午夜后不久。"

"滚球蛋……"

"这句话帮不了忙。"

"滚球蛋……"

"您也别太随便啊。还得合作呐。"

"滚球蛋……"

接着，我离开了他。他接受了我们的帮助，让我们挽救他——但是没有表示感谢。他倒在床上，伸直躯体，精力充沛，又显示出自己的霸气和权威——老爷，指挥官——但是不再能够发号施令。他的强力已经终结。他知道我看出来了。不久以前，他还不会要求别人帮助，因为他还有威力，运用权力，现在却在我面前躺着，摆出男子汉的凛凛威风，怒气冲冲，但是却被斩断利爪，不得不争取他人的同情……他还知道尽管他有男子汉气概，却不招人喜欢，看着不顺眼……他抬起穿了袜子的一只脚去挠大腿……又抬起脚来，扭动脚趾头，这是地地道道的利己主义的姿态，也不管我喜欢不喜欢……反正他不喜欢我……他显得反感之极，要呕吐了……我也是。我出来了。他那种男人的玩世不恭派头毒化了我，像纸烟一样。在餐厅里，我遇到了希波利特，突然感到一阵恶心，只有一丝之差，就呕吐出来了，是的，一丝之差，就是我手上和他们手爪子上长的短小纤毛那么细的一丝！在这一刻我真不能容忍成年的男人！

这个住宅里一共有五个——男人。希波利特、谢缅、瓦茨拉夫、弗雷德里克和我。哼，哼……动物王国里没有什么东西达到如此的怪异——有什么马、什么狗能够和这形状的松散、形状的玩世不恭竞争呢？可惜呀，可惜！人过三十后，面目变狰狞。全部的美都是在那边，青春的一边。我，一个男人，不能够在自己的同伴、在成年男人当中寻求庇护，因为他们驱赶我。他们把我推到那边！

※　※　※　※

玛丽亚夫人站在露台上。

"人都到哪儿去了？"她问，"怎么都不见了？"

"不知道……我刚才在楼上。"

"海妮亚呢？您看见海妮亚了吗？"

"也许在温室里吧。"

她急得直搓手指头，"您是不是有什么新的印象了？……我觉得瓦茨拉夫有什么焦急的事。他灰心丧气的样子。他俩之间出了什么毛病吗？有什么弄错了吧。我可不喜欢这样。我得跟瓦茨拉夫谈谈……还有海妮亚……不知道……唉，上帝！"

她很忧虑。

"我什么也不知道。他垂头丧气……唉，母亲没有了。"

"您觉得是因为母亲的事吗？"

"肯定是啊。母亲就是母亲啊。"

"可不是嘛！我也想，是因为母亲。失去了母亲啊！就连海妮亚也代替不了啊。母亲就是母亲！母亲！"她活动着手指，很优雅。这句话让她安宁下来，就好像"母亲"这个词语力量极大，简直剥夺了"海妮亚"这个名字的意义，好像是最高的神圣！……母亲！……她也是母亲。其他什么也不是，只是母亲！她往昔的生存，主要就是当母亲，她以枯萎的目光、往昔的目光看了我一下，然后退回，带着对母亲的尊崇——我知道，用不着担心她会妨碍我们什么——因为是母亲，现在她什么事也做不了。她正在远去的往昔魅力开始发挥作用。

※　※　※　※

夜晚来临：点灯、关窗、晚餐摆台，都预示夜晚来临，与此同时，我的感受越来越坏，处处走动，却找不到自己的位置。我和弗雷德里克背叛的实质越来越明显地体现了出来：因为（这个男孩和这个女孩）我们背叛了我们的男人气概。我在住宅里转悠，看了看客厅，那儿已经昏暗，见瓦茨拉夫坐在靠椅上。我进了客厅,在椅子上落座,在对面的墙边,比较远的地方。我的意图迷茫。模糊不清。一场艰巨费力的试验:看看能不能以最大的毅力克服对他的厌恶感,以男人的气概和他团结起来。然而,对于他的厌恶蹿升,直抵青天,这厌恶感因为我到这儿来,以及我的躯体接近了他的躯体而受到刺激——也受到他对我的厌恶感的刺激……这一厌恶感把我变得可厌,令我对他的厌恶变本加厉。反之亦然。我知道,在这样的局面下,不可能谈到我们二人中间有谁能够因宽宏大度而闪现出光辉;而这样的光辉无论如何本来是可以择取的,我想到的是:美德、理性、奉献、勇敢、高贵,这是我们能够奉献出来的,是潜在地存在于我们身上的——但是,厌恶感强盛无比。但是,我们就不能够以强力克服这种厌恶感吗?强力!强力!我们男人都是干什么的?男人就是应该有股冲劲,男人要施展力量。男人要实施统治!男人不问他人喜爱与否,男人只关心自己的快乐,男人的趣味决定美丑——他是为了他自己,只有他自己!男人是为了自己,不是为了他人!

　　我大概想要在我们自身点燃这样的一股强力……局面像现在这样,他和我都是无力的,因为我们不能按自己的意愿行事，不能为了自己行事；我们是为了那种青年的感觉方式行事的——这一点却把我们推进了丑陋。但是，在这间客厅里，如果我能够在片刻之间为了他，为了瓦茨拉夫——他也是为了我——如果我们能够成为为了别的男人行事的男人，那该多好！那样，就会把我们的男子汉气概积累起来吗？彼此不就会以男子汉气概推行男子汉气概了吗？这是破碎和狂热希望的残渣带来的估算。因为作为男人的强力必须始于男子汉气概、在男人之间……如果我在他身边这一局面能够把我和他包容在一个神秘的圆环之中……对于黑暗弱化我们的阿基里斯之踵、我们的躯体这一事实，我赋予了巨大的意义。我设想，利用躯体的弱化我们得以结合并且繁衍，成为强有力的男人而不互相厌恶——因为没有人厌恶自己——因为，为了互不厌恶而为自己行事，就已经足够了！这是我绝望中的意向。但是，他依然纹丝不动……我也是……他和我都没有能够开始行动，他和我都没有迈出第一步，都不知道如何迈出这第一步……

海妮亚忽然溜进客厅。

她没有注意到我——他向瓦茨拉夫走去——在他身旁坐下，静静地。似乎是来寻求和解的。无疑是有礼貌的（我没看清楚）。意在和解。和蔼。温柔。也许也是无奈。被冷落。怎么回事呢？怎么回事？是不是她对……那个感到……厌倦了？……是不是她害怕了，想要脱身，在未婚夫这儿寻找依靠和帮助呢？她在他身旁客客气气地坐下，不说话，想让他采取主动，意思大概是："我是你的人，你来帮助我们一把，好吗?"瓦茨拉夫纹丝不动——连手指头都没动一下。

像一只青蛙一样，静止不动。不知道他心里孕育着什么风暴。骄傲？嫉妒？烦闷？或者是，他干脆因为不知道怎么对待她而感到难堪——我真想大叫一声，让他至少拥抱她一下，把手放在她身上，她能够得救与否就取决于这样一个动作啊！最后的得救机会！他的手会在她身上重新获得男人的气概，我也会伸出双手跳过去，问题就都解决了！强力——这个客厅里的强力！但是，毫无动静。时间正在过去。他还是一动不动。这就像是自杀——女孩站起，走了……我跟在她后面。

※　※　※　※

晚餐摆好，进餐的时候，看着玛丽亚的面子，我们都随随便便地说了几句话。晚餐后，我又不知道该干什么，似乎觉得在谋杀之前的几个小时有很多事要做，可是谁也没做什么事，都四散了……也许是因为，即将到来的事有十分神秘和突发的性质吧。弗雷德里克到哪儿去了？他也消失了，他的消失突然令我盲目，好像有人用黑布带遮住了我的眼睛似的，我不知道怎么回事，但是我必须找到他，立即找他，马上找他——于是开始寻找。我到了户外。天要下雨了，空气中是闷热的潮湿，云团在没有星光的天空上移动，风间或刮起，在花园里旋转一阵，接着又消失。我走进花园，差不多是摸黑，几乎是探着脚步沿着小路走动，因为看不清前面而必须大着胆子，只是常常有熟悉的树木或者灌木丛的轮廓来带路，我才到了想要去的地点。但是我发现，自己并没有预料到花园是一成不变的，这倒令我惊奇……如果花园变得歪歪斜斜，我倒不至于感到奇怪了。这个想法让我感到颠簸，宛如公海上的一条小船，于是我意识到，我已经看不到陆地。找不到弗雷德里克。我甚至大胆走上小岛，这样的大胆行动迷蒙了我的意识，所以在我面前浮现出来的每一棵树、每一根树枝，都变成了攻击我的幻影——虽然还是原物，却又可能嬗变。弗雷德里克呢？弗雷德里克呢？我需要他，紧急得很。如果少了他，一切都不完整啊。藏到哪儿去了呢？干什么呢？我回到住宅，要在那儿附近找一找他，但是忽然在厨房前面的树丛里碰上了他。他吹了一声口哨，小淘气一样。看样子他不太满意我来找他，也许还觉得有点难堪呢。

"您在这儿做什么呢？"我问。

"独立思考。"

"思考什么？"

"这个。"

他指了指贮藏室。同时给我看他手里拿着的东西。那间贮藏室的钥匙。"现在可以谈谈了，"他毫不拘束地大声说，"书信是多余的。她已经——您知道，她……天性……不会对咱们要滑，因为事情进展得够远的了，情况已经明确……不用再缩手缩脚！……"他说话怪模怪样的。透着一股怪气。无辜吗？神圣？纯洁？最显然的是，他不再害怕。他折下一根树枝，扔到地上——如果在别的时候，他会再三考虑，是扔掉呢，还是不扔……他补充说："我拿着这把钥匙呢，要强迫我自己下决心。跟这个……斯库加克有关系。"

"是这样吗？您有什么考虑吗？"

"当然。"

"可以说一两句吗？"

"暂时……还不行……到时候您就看见了。也许看不到。那我还是现在告诉您吧。是这样。"

他伸出另一只手来——这只手拿着一把刀，普通厨房里用的刀。"这是要干什么？"我问，又惊奇又不快。蓦地，我第一次意识到，面前站着的是一个疯子。

"我想不出更好的办法来，"他承认，好像解释似的，"但是这已经足够。既然年轻的能杀死老的，老的也能杀死年轻的——这意思您能懂吧？这样就扯平了。这样就把他们联合了起来，三个。这把刀。我早已经知道，把他们联合起来的，就是刀和鲜血。当然，必须同时完成才行，"他又补充说，"卡罗尔用刀捅谢缅的时候，我捅尤……泽克！"

这样的想法！疯了！有病！昏了头！怎么，他要屠杀他吗？！……但是，这样的疯狂，在另一个层面上，却是最自然而然的事，甚至理所当然。这个疯子自有他的道理，得这样做，把他们"联合成为一个整体"……这样的荒诞越是血腥，越是可怕，就越能把他们联合起来……而且，似乎这还不够，知识分子的这个病态想法从医院里蔓延出来，堕落、野蛮、丑陋，像发出迷醉香气的毒花一样爆出气味，令人感到快乐！让我感到快乐！来自另外一个方面，"他们"那个方面。这是对于嗜杀的青年的激将，是用刀促进（男孩们和女孩）联合。这实际上是冷漠，不管他们遇到哪种残酷的行为——或者他们完成的行为——无论什么残酷行为都能够像辣椒酱一样提味！

看不见的花园凸显浩大，它的魅力令我迷醉——虽然潮湿，虽然憋闷，还有这个恶魔似的疯子——我必须深深吸进清新的空气，沐浴在这奇异又苦味的令人心动的自然力量之中。一切，一切，一切的一切重新变得年轻而性感，甚至我们自己！但是……不行，我不能同意！他已经决然越过了界限！这是不能容忍的——不能接受的——在储藏室里虐杀这个少年——不行，不行，不行……他突然笑了一声。

"您先镇静下来！我只想看看，您是否相信我的螺丝钉都没有松。就是啊！怎么会呢！这些都不过是梦想……因为纯粹的失望，我的确没有想出什么办法来对付这个斯库加克。真是白痴的作派！"

白痴的作派。真的。既然他自己承认了，这白痴作派就像摆在一个浅盘子上似的拿到我面前来，我竟上了他的当，很不愉快。我和他回到了室内。

十二

　　已经没有很多的事儿可说了。实际上一切办得都很顺利，越来越顺利，一直到最后，最后……就是说，超出了我们全部的预计。而且很容易……我都忍不住要笑出来，这样一个要把人压垮的难题就这么容易得轻飘飘地解决了。

　　我的角色又是看守谢缅的房间。我躺在床上，仰卧，双手放在头下，静听——我们进入了深夜，表面上看，整座住宅都已安睡。我等着这一对小杀手脚踩楼梯发出吱吱声响，但是还太早，还有十五分钟呢。一片宁静。希波利特在院子里警卫。弗雷德里克在下面，在门口。半夜十二点半，下面楼梯准时在他们脚下发出吱吱声响，已经脱掉了鞋。是赤脚吗？还是穿着袜子呢？

　　几个难忘的瞬间！楼梯细微的吱吱声响又一次传来。他们为什么要这样偷偷摸摸的呢——她大大方方地跑上来不是自然得多吗，只是他应该隐蔽好——但是，把密谋行动交付给他们，真是不足为奇……他们一定感觉到神经紧张了。我几乎看见他们沿楼梯一级一级往上走，她在前面，他跟在后面，踏脚细心，把楼梯吱吱声降低到最小的限度。我感觉苦涩。这次共同的偷偷侵袭不就是另外一种百倍欲求的、可怜的取代行动吗——而她应该就是他偷偷侵袭步伐的目标啊！……而且，此时此刻，他们的目的与其说是谢缅，不如说是对谢缅的杀戮——也一样是肉体的、罪恶的，因爱情而炽热，还有，他们的侵袭也是同样的紧张……哎哟！又吱吱响了两声！青春靠近了。这是难以形容的愉快，因为在他们脚下，残酷的行动正在变成鲜花怒放般的行动，像是飘过去的清新气息……只是……这发动侵袭的青春是纯洁的吗，真的是清新而纯朴、自然又清白的吗？不是。这青春是为了"年长者们"，如果这两个人卷入这一事件，也是为了我们，是效劳，是讨我们的喜欢，显示殷勤……而我"为"青年备好的成熟，应该在谢缅的肉体上和他"为"我们的成熟备好的青春汇合——看啊，这是一场约会！

但是，这里包含了快乐——和骄傲——那真是骄傲啊！——而且还有更多的东西，像伏特加一样——他们和我们取得理解，听取我们的低语，又从某种需要出发，愿意为我们服务——于是就这样地侵袭——这样地来犯罪！真是天堂般的感受！闻所未闻的！这里面隐藏了世界上最令人狂喜的美！我躺在床上，感到飘飘然，因为想到，我和弗雷德里克，乃是给予这两双脚的灵感——哟，又吱吱扭扭响了，现在已经离得近多了，接着响声消失，开始了宁静，我又想，可能他们承受不住了，谁知道呢，也许他们受到这共同侵袭的蛊惑，放弃了行动目标，互相看准了对方，在拥抱中忘记了一切，因为全然投入原来被禁止的彼此的肉体！在黑暗中。在楼梯上。屏住了呼吸。可能是这样的。真的吗？真的吗？……可惜，不是，吱吱扭扭声响又来了，表明希望受阻，一切按计划进行，他们还在上楼梯——于是可以看出，我的希望完全、完完全全地落空，根本就不现实，不符合他们的风格。年龄太小了。太小。太小，还不懂得这事儿！他们必须找到谢缅，把他杀死。于是我又想（楼梯上又安静了），他们是不是突然丧失了勇气，大概她拉住了他的手，往下面拽他，如果这个任务的巨大负担，那能够把人压垮的重量——"杀人"，突然出现在他们面前，会怎么样呢。如果他们看见了这个负担，突然害怕了怎么办呢？不会的！永远不会！这样的情况可以排除。原因是同样的。这个深渊吸引了他们，是因为他们能够越过——他们的轻盈趋向于最血腥的行动，因为他们把这行动演变成为别的东西——他们接近罪恶，因为这是消除罪恶的方法，在完成罪恶的时候消灭了罪恶。

吱吱的响声。他们这样奇妙的非法行为，这种发出轻微吱吱声的（少男少女的）罪恶……我似乎看到了他俩秘密交叉在一起的腿，张开的嘴唇，听见了被禁止的喘息声。我想到了弗雷德里克，他在下面，他从门厅里捕捉这些声响，我也想到了瓦茨拉夫，看到他们跟希波利特、玛丽亚夫人和谢缅在一起，而谢缅现在可能躺在床上，和我一样——我嗅到了少女罪孽的气息，青春罪孽的气息……咚咚咚，咚咚咚。

咚咚咚，咚咚咚。咚咚咚！

敲门声。她在敲谢缅的屋门。

到此，我的故事已经说完。结尾太……平淡、也太……闪电般地迅速，太……轻易，所以我几乎没有办法用十足可信的方式来叙述。我只列出事实。

我听见了她的声音："是我。"有钥匙打开谢缅房门锁的细微声响，门开了，立即传来刺杀声和一个人前倾而扑倒在地板上的声音。我觉得，为防万一，这个少年又捅了两刀。我跑到楼道里。卡罗尔已经打开手电筒。谢缅躺在地板上，我们翻过来他的躯体时，看到了鲜血。

"完了。"卡罗尔说。

但是，他的一张脸上裹着头巾，好像牙疼……啊，这不是谢缅……几秒钟之后大家才看出来，这是：瓦茨拉夫！

瓦茨拉夫取代了谢缅倒在地板上，死了。但是谢缅也死了——只不过，是在床上——躺在床上，刀伤在躯体侧面，鼻子埋在枕头里。

我们点上了灯。我仔细察看一切，心里充满了奇异的重重疑团。这……这不像是百分之百真的。安排得太奇妙——也太容易了。不知道我能否说清楚，我想说，确实不可能是这个样子的，这个解决办法中故有的巧妙令人起疑……像童话，像童话一样……实际情况很可能是这样的：晚餐后，瓦茨拉夫通过连接房间的门立即来到谢缅的房间。把他杀死了。没有费周折。然后等待海妮亚和卡罗尔的到来。他准备好一切，让他们再次杀掉他。没有费周折。为了有保证，他熄了灯，用头巾裹好自己的脸——让他们不能立即识别出他来。

我的双重意识鬼气十足：这两具尸体那悲剧性的残酷、其血腥的真实，都是一棵过度弯曲树木的沉重果实！两具僵冷的尸体——还有两个杀手！就像死的终极意念被轻率的行为刺穿⋯⋯

我们从房间里来到楼道中。他们面面相觑。一语未发。

我们听见有人在楼梯上跑。是弗雷德里克。看见瓦茨拉夫后，他站住了。他向我们挥手——不知道是什么意思。他从衣袋里拿出一把刀，在空中举了片刻，抛在地板上了⋯⋯刀上带血。

"尤泽克，"他说，"尤泽克。在这儿。"

弗雷德里克是无辜的！无辜的！脸上露出天真的无辜！我瞧了一眼我们这年轻的一对。他俩正在微笑。像很难摆脱某种困境的年轻人常见的那样。瞬间之内，在这一厄运中，他们和我们互相对视着。

《色》评论

米哈乌·格沃文斯基

一

为贡布罗维奇的长篇小说内容写出梗概，不易做到。每篇梗概在某种程度上都是对作品实施强暴，而在《色》一例中，很有可能是特别不适宜的，因为这样做会摧毁作品。如果我想一般地复述这部小说的内容，我就不得不将其漫画化；不排除这样的情况：我把这样的报告送给某个人，如果他的文学修养不足，他就会把这个报告当作一个毫无意义的故事。事实上发生过这样的情况，有据可查。评论《色》的最初著作也力求写出梗概——主要是为了揭示这部作品是个怪物，不能跟贡布罗维奇以往的作品相比，证明他的创作正在衰退。阿尔图尔·桑道尔无疑是一位杰出的批评家，写出了《色》的梗概，却立即给作品带来贬损。他给人造成的印象是，这一作品简直是文学垃圾。

文章一开始我就谈这一情况，因为我想强调，在贡布罗维奇对全部这类攻击提出的反抗中，表现出了作品的实质。但还是要问：贡布罗维奇的小说，尤其是他后期的作品，为什么难以简化为梗概呢？

首先可以提示一下，的确存在着一大类在性质上不适合作出梗概的文学作品。这就是诗。当然，贡布罗维奇的作品没有抒情诗的特点，但他是以诗的方式使用语言的，所以普舍博希曾称他散文诗人，不是无的放矢。对于他来说，词汇具有自主的价值，其程度比对其他的散文家更高，词汇永远应该鲜明，以其自身发挥作用。贡布罗维奇对于语言纯洁性杜撰出来的理念感到陌生，这一理念乃是古典现实主义的基础之一，但是在他同时代的作家当中也有人拥护。在任何的梗概中，当然，语汇的自主权利、语言的全部层次都遭到解体。

这一观点是重要的，但是，扬·布翁斯基在自己对《费尔迪杜凯》的"分析"中精辟描写的现象具有大得多的意义，这一现象就是"从偶然到形体、从凌乱到系统、从下意识涌动到人类共同生存的社会化规则的运动，因而也是从混乱到形式的发展"。这位批评家以这样的方式定义贡布罗维奇特有的人类学，但是她的论述同样直接适用于贡布罗维奇的叙事，抓住了对于叙事来说最重要的因素。作家虽然亲近了语言的诗歌概念，但是从来没有讨论过是什么预先决定了小说的特点：小说是构成一个感知整体的诸般事件的叙述。因此，看来，贡布罗维奇的作品似乎可以轻易作出梗概，因为他摒弃了小说散文的概念，这些概念至少盛行于两次世界大战之间那段时期，其含义是：没有情节的小说是可行的，其中起主要作用的是散文式的思考，或者一般所说的精神分析。对于强调小说的无定型性质和限制小说叙事因素的小说概念，他是坚决反对的。因此，他如果把文章的因素引进了小说，也显然是要删除的（例如《费尔迪杜凯》的两篇序言），而内心独白的技巧他从来不用。他熟悉普鲁斯特，也亲近他，有时候还不吝滑稽模仿，但是却远离他的叙事方法，不过他没有来得及发现乔伊斯。在叙事中，作者保持了世界的客观叙事的外貌，令人觉得，作出作品的梗概很容易。然而……

在贡布罗维奇的作品中，任意性没有损害系统性，系统性也并不排除任意性，而是将其纳入某种秩序，或者以首要的标准处置。任意性和系统性是共存的，但是对于二者之间关系的处理有时候会遇到困难。这种共存表现在延续与松弛二者的独特的辩证法之中。延续性构成连贯的布局，关注清晰轮廓，这样的布局遵从了获取和重建逻辑的原则。松散性则有助于情节的展开，甚至引入对于事件的进程显得没有影响的问题。在叙事的开端就出现了这样的片段：

> 有人动问："是什么风把您吹到这儿来了，弗雷德里克先生？"对此，他立即给予了详尽的回答："我从艾娃女士那儿得知，平塔克常到这儿来，所以顺便进来了，因为我有四张兔皮和皮鞋底要卖。"为了不说空话，他展示包在纸里的四张兔皮。

对于小说总体的展开来说，这些欣喜没有什么意义。不知道艾娃是谁，不知道为什么谈到兔皮和鞋底（提起鞋底的原因，是不是因为在踩死蚯蚓的场景中出现了鞋后跟呢）。这是否仅仅是国家被占领的现实，用以真实再现所叙述的世界和传达这个世界的气氛，还是提出难以破解的象征物呢？已知与贡布罗维奇交好的斯坦尼斯瓦夫·平塔克是谁，但是不清楚为什么在小说中要提及他，而且这是唯一的一次提及这个真实的人物。现在分析的这个例证是明显的，但不是个别的，因为整体布局限定的不仅有次要的主题，或者具有高度独立性的情节，而且还限定了叙事者的自由，虽然叙事者可以按照自己的认识留驻于某些事件或者事务，尽管这一切被证明在小说整体叙事中并不是特别重要。小说里的一切都是有功能的，但是对于功能性的理解却不同于古典的现实主义叙事。在这里第一章可以出现手枪，但是在最后一章里仍然没有用来射击，但是，也可以出现器物或者情景，这些情景在传统的小说中肯定没有重大的意义，甚至任何意义，但是在这里却扮演重人的角色；在以下的思考中，我们正是要对这一类的现象予以较多的注意。同时，我们还可以断定，在任意性和系统性、在连续性的严格要求和情节的自由配置之间的摇摆无助于写作梗概，却需要评论。

还有许多其他的因素也无助于梗概。现在让我们列举价值论的多样性和语义学显示的多样性。在《色》里，那些没有意义的内容，变得重要；本来是为了成为意义不大的细节，背景上的事件，列出是为了充实和令小说世界具体化而已。小说开端就出现了该作品的关键问题："无法测度的奇迹：为什么这样的无足轻重之物变得重大了呢?"叙事者提出了这个问题——而且基本上不是要寻找直接的回答，但是几乎整部小说都在讲述不重要因素变成重要因素。在这里，我们正好身处语义学的中心点，而随意性和系统性都在这里显现。我们观察的现象本身没有什么意义：我们看到，年轻人踩死一条蚯蚓，我们所见证的这个场景，只是极细小的生活细节：生涩浪漫故事的年轻女主角为一个男伴卷起了裤腿。而这样的微末细节充满了意义，成长到了象征物的级别。后来作者返回这些细节，在最具戏剧性的情节中提及。这些细节发挥了部分对整体的作用，而布局的功能巨大，是依据固定音型的基础展开的，不仅仅是重复，而且还在成长和加强。非重要者的确变得重要了。蚯蚓被踩死这个情节发展成为小说基本象征物的地位，达到了作为谋杀的伏笔标记的角色；在这个地主庄园，在某一个时刻，谋杀变成现实。而卷起裤腿这一个琐碎的姿态，与其说是实际情况的要求，还不如说是弗雷德里克的导演奇想（在小说某处，他这样说），却浓缩了年轻人物之间全部不平常的关系；他们很明显地不愿意进入这两位先生想要令他们扮演的角色，但是小说的传统无疑赋了他们这样的角色的。不过这是后话了。

在把象征的价值给予表面上微末的细节之同时，贡布罗维奇力争创造作品的内在象征，这样的象征系统具有个体性，从性质上看无法重复，所以也许不能融入小说的传统。我们面对的是两难的局面：作家向往古典小说，以不容怀疑的方式汲取传统的裨益——但是同时又背离在过去形成的、在很大程度上格式化的小说论题理论。于是他创造了自己的象征，踩死蚯蚓或者卷起裤腿之类琐事发展到了前所未有的尺度。突出贡布罗维奇作品的因素之一正在于，他在每一部作品中构建自己独有的象征系统。在《色》中，这一系统和小说的传统象征系统并存。对待这个系统的态度是滑稽模仿：我在若干年以前评论过这部小说，当时我称之为"空虚的史诗性"。这里出现了以传统方式剪裁的对话，首先是有时候完全展开的常规描写。特别在小说中，这一切不可或缺，在写作取舍的有意识的行动中，小说总要求助于传统。但是，描写现象不同于消极接受现象的传统意义。因为这些对话和全部描写的功能首先是遵循小说标准；对于贡布罗维奇来说，这个标准之所以珍贵，其理由是，可以令他服从于自己的意图和目的。传统的叙事表达方式，首先是传统的象征，是作为文体的叙事特有的，构成独特的版面，而其内容和含义则隐藏在别的地方，正是在这里，表面上不重要的东西，在这一小说里变得最为重要。在构成版面的系统里，像踩死蚯蚓和卷起裤腿的细微事件成长到了宇宙的尺度。这些微末细节成为给小说世界带来意义的因素，而且以自己的方式组成这个世界。创造在小说进程中形成的个体性的象征手法，实际上使得写作梗概无法下笔，至少也是变得困难，因为以往对待作品的态度，不能认为似乎事先一切都已给定，但是正在形成的象征诸因素，却要在注解里说明。

这还不是仅有的障碍，因为在贡布罗维奇这部小说中，象征手法的构建还和对于超验的经常性回顾有关系。有某种同样令人不安的、不可捉摸的事物不断地潜入这个小说世界，因此，在这个小世界的后面隐藏着宇宙。《色》的空间，和贡布罗维奇其他小说的空间一样，都是有限的，被鲜明地规定的，可以说是"室内的"。从外表上看，和过去的庄园小说的空间没有差别——无论是巅峰作品，例如《涅曼河上》，还是平庸的和二三流的作品，都是一样的。这里样样俱全：庭院、互访的邻居、左近的教堂、地区的小镇、花园和田地。对于十足的崇尚古典风格的小说来说，这样的布置肯定是足够了，但是不能满足贡布罗维奇提出的条件。从狭小的庄园空间里要见出宇宙。这一点在第一章里就已经明显，在这一章里出现了常规小说对空间的描写所没有的类别。在某一时刻谈论非存在，在别处又谈到黑暗的深渊。还提及行星——虽然貌似，这却不仅仅是用于夸张的流行比喻。

> "那边，在正对面，是熟悉的奇美洛沃车站建筑，还有几盏闪闪烁烁的灯，但是……我们到了什么地方，降落在哪一颗行星上了？"

这一不寻常的视野必然出现在对弥撒的惊人描写之中——之所以提出，不是因为要出现在崇拜仪式期间，出自这些仪式的原因，而是因为在仪式中没有这一视野，所以，对于贡布罗维奇来说，这些仪式只不过是空洞的礼仪而已。宇宙的晨曦不是在崇拜礼仪后面结晶，而是反对这样的礼仪：

> 教堂不再是教堂。某种空间侵入，但是这空间是宇宙的、黑暗的，这样的事甚至没有出现在大地上，地球

反而变形为悬挂在宇宙当中的一颗行星，宇宙就显现在这里，这样的事发生在宇宙的某个地点。在遥远的地方，所以蜡烛的光线，甚至穿过污浊窗玻璃的白昼光明，都变得像黑夜。所以，我们已经不是在教堂里，不是在这个村子里，不是在大地上，而是——根据实际情形，是的，根据实情——我们是在宇宙之中，带着我们的蜡烛和亮光悬浮着，在这儿，在浩大空间之中，我们自己、我们互相之间做些奇奇怪怪的事情，就像猴子在真空中做乱七八糟的鬼脸一样。这是我们特别的相互嬉闹，在一个星系里，人在黑暗中的挑战，在深渊中完成奇怪的动作，在外层空间中龇牙咧嘴做鬼脸。伴随我们沉入空间的是具体事物可怕的强化；我们虽然在宇宙空间，但是我们又酷似某种人们极其熟悉的东西，全部的细节都得到描写。举扬圣饼仪式的铃声响了。弗雷德里克下跪。

这是小说中最不寻常的片段之一。在这部小说中，宗教问题的声音比在贡布罗维奇其他的小说中更清晰，但是对于这一问题的处理方法脱离了任何的正统——佩艾尔·胡尔特贝格已经注意到了这一点。贡布罗维奇谈论人，好像是想要不倦地提示人，他不仅生活在限定的和可以计量的空间之中，亦即这是可以触及的，在手臂达到的范围之内，而且人还构成了另一种空间的一个细小的部分，这个空间是不可能拥抱的。

这些形而上学的距离不止于空间的视野——事实上以或多或少地鲜明然而照例都是严谨的形象出现——而且还陪伴了小说中出现的一切。在踩死蚯蚓场景中引发出来的存在主义类别，就可以证实这一点。的确，这些类别服务于对现象的夸张，但是其任务并不限于这一作用。这些类别是要挖掘出事件的意义，虽然从表面上看事件十分细小：

> 对于他来说，这个行为就是巨大的流血事件——当然是疼痛，是痛苦，无论在一条虫子的体内，还是在一个巨人的体内，疼痛都是"一个"，一如空间就是一个，是不能分开的，凡是在它出现的地方，都是同样的十足的残酷。因此，这个行为对于他来说必定就是一般所说的很可怕，他们制造了痛苦，引发了疼痛，用鞋后跟把这条蚯蚓平静的生存变成地狱般的生存——真是难以想

象比这更严重的屠杀、更大的罪行。

出现在《色》里的一切，都具有潜在的意义，都和更宽阔、更基础、更广大的事物有联系。但是这并不是说，作家把这些意义故意抛出，以便没有休止地用符号来显示这个庄园小世界虽然发生不寻常的事件，却也还不是他可以当作真正金币来对待且与它密切结合的那个世界。但是实际情况却非如此：意义的展开，或者有时令人惊叹的新景象的显示，是用细腻得多、微妙得多的方法完成的。贡布罗维奇避免单一意义的独断评论，《色》的叙事者——即使在上文提出的蚯蚓细节中，我们也可能确信——对所述事件提出了评论。但是，即使叙事者的全名是维托尔德·贡布罗维奇，而且被当作作家的思想和理念的传达者，他也从不把一己的见解强加于人。恰恰相反，他的评论在某种程度上是来自内心的解释，在事件直接压力下形成的解释——而且和事件的戏剧性质联系在一起。进一步说，这些解释原则上是这样形成的，就是——至少在字面的意义上——要强化模糊和多义的感觉。在这一方面，《色》的叙事者和传统小说叙述者有根本性的区别。他以事件见证人的身份出现，不享有全知，没有评价和提出最终判决的资格和意愿。这样的情况也出现在有概论形成的时候，而且他不避讳概括的表述。这些解释是多形体的，一方面呈现出贡布罗维奇确实关注的问题，另一方面，其中又输入了距离感——结果，读者不会怀疑这并不是不容分说的论断，而是融入叙述过程的言说，和事件有密切联系。在出现格言（例如：人过三十岁，面目变狰狞）的时候，情况也同样如此。显然，叙事层面的这种多义性给编写梗概带来困难，因为在可从多方面来理解的事物中，叙事层面提供了某种选择的局面，而在这一物质对象中的任何选择，都必定脱离叙事事实稳定的真实存在——归根结底——还是提出了解释。对于小说而言，梗概固然可能还是完满的，但是梗概故有的不完满性质是与其基本的特征联系在一起的——我一直力争说明这一点。

在故事情节中，非重要者变得重要，微末的事件发展到了——名副其实的——宇宙的尺度：这样的情节怎样编写梗概呢？在一部作品里，事件和各种意义结合了起来，而整体则是惊人地远离日常想象的图像，常常还远离一般的理性感知的结构，这样的结构虽然在表面上因为设置于某个世界的日常生活现实之中，却完全不对它提出问题——对于这样的作品怎么编写梗概呢？布翁斯基说得对：
"只有在《色》和《宇宙》里，威严的（甚至令人厌恶的）
幻境才组成全部的小说现实……"

二

　　以往给予《色》的大部分论著（实际上不是很多）都集
中关注弗雷德里克。他是现实中最有趣的人物，无疑也是最
神秘的人物，这不足为奇。首先要从两个方面来观察他。第
一，和第二个人物维托尔德联系起来，维托尔德已知是叙事
者。考虑他们之间的关系，谈到了弗雷德里克的导演出身，
可以见出弗雷德里克不仅是在现实场面中活动的人物之一，
他还影响着现实的形体，改变着小说，以或多或少间接的方
法确定其他人物的行动。奇异的是，除了维托尔德，他还是
叙事者。是否也构成了维托尔德的第二个体现者呢？

　　下面要讨论的问题：如何界定弗雷德里克？实际上他是
谁，如何定义他的地位和性格？在这里，一般都要寻求单一
意义的品格，简洁得直接源于当今普通心理学。这样，安杰
伊·吉姚夫斯基人为，他简直是一个狂人，小说的美国评论

家博伊尔斯首先把他看成窥阴癖者。这种以单一意义界定人物的倾向一般都导致简单化。如果弗雷德里克只是一个狂人，或者只是一个窥阴癖者，则《色》就会成为一本平庸而浅薄的小说。所幸，弗雷德里克没有允许被单一地定义。贡布罗维奇小说最佳评论者最理解这一点，这位评论家就是贡布罗维奇自己：

"这本小说的主角弗雷德里克就是克里斯托弗·哥伦布，他航海出发，去发现未知的大陆。他寻找什么呢？这就是隐藏在一个成年人与一个少年之间的新的美和新的诗意。这是一位具有强烈意识和高度意识的诗人，我想在小说中这样表现他。但是，在当今的时代，人与人取得互相理解是多么困难啊！有些批评家不多也不少，恰恰把他看成恶魔，而另外一批人——主要是英美人士——则满足于更卑微的标签：窥阴癖。我笔下的弗雷德里克既不是恶魔，也不是窥阴癖，而是具有导演的气质，甚至化学家的气质，他把各种各样的人结合起来，努力从中创造出具有新的魅力的佳酿。"

当然，这并不是说，要认定贡布罗维奇自己的评论具有约束力，但是很难不承认他的评论开启了令人感兴趣的前景，允许我们更深入地探索小说的含义，还应该记得，在已经提及的和桑道尔的争论中，作家把弗雷德里克限定为超自然的人物和自己的另一个自我。贡布罗维奇是自己作品的极为独特的阐释者，对于某些作品的特点，他谈论得透彻又精辟，而另一些则隐蔽起来，虽然他无疑意识到了这些作品的重要性。我认为，他之所以隐蔽，不是因为他认为这些作品不重要，之所以隐蔽，是因为他不愿意把读者引进自己作坊的秘密，以此避免和他们太多的亲密关系。他基本上没有评论自己作品的基本特征之一，亦即，这些作品乃是和其他文本不间断的对话，而其他的文本包括波兰的和外国的，过去的和相对新的，文学的和不一定文学的。确实，他谈论他觉得自己与之联系在一起的传统，也谈及莎士比亚和拉伯雷，但是不掩饰在自己的创作中波兰古典文学所起的作用，不羞于和民间文学的联系，虽然民间文学被怀疑只具有二流的价值。然而，他至少概括地提及这一切，没有进入细节，没有从这一角度出发详解个别的作品。他没有写出博学的论著，因此他没有义务指出所引证的资料来源。但是，这里的确要谈论来源吗？在贡布罗维奇这里，对于其他作家本文的回顾不是建造风格的独一的因素，这样的回顾没有特别构成混成作品，却创造出某种具有共同意义的最重要因素。在《色》

里，不仅在总体布局上出现这样的情况，而且在有关弗雷德里克引人入胜和神秘的形象方面也是如此。

贡布罗维奇在波兰现实环境中展现情节的时候，基本上不用杜撰的名字，而是使用那些早已在传统使用的名字，所以我们看到亨利克、弗瓦乔、莱昂、康斯坦丁、瓦茨拉夫——当然还有维托尔德和弗雷德里克。"弗雷德里克"这个名字不属于常用的名字，伟大的民族作曲家肖邦用了这个名字。但是，在《色》里显然并没有联系到肖邦，也难以找到什么联系。看来，这是文学的或者文学-哲学的暗指——指弗雷德里克·尼采（通译：弗里德里希·尼采）。为了确证阐释小说至关重要的这一论题，下文我将要努力汇集证明材料，但是现在我想提示一下，正是在波兰初期接受这位哲学家论著而雅各布·莫尔特科维奇出版公司尼采著作的时候，和在二十世纪初出版以后各卷的时候，都使用了波兰语拼写法 Fryderyk（弗雷德里克）。贡布罗维奇肯定是从这一多卷本文集认识了这位哲学家的著作。对于这些译文这样或者那样的有失准确和过度自由表达可以表示不满，可以质问各种风格矫饰的词句，但是不能不断言，这些译文不仅变成了青年波兰派而且简直变成了波兰文化的一部分。

我不肯定，"弗雷德里克"是尼采在小说中的化身，没有太多的理由确认这个论断，但是我坚持认为，这个人物是暗指这位哲学家本人以及他的著作和思想。如果接受这一论断，就有助于厘清这部小说的重重谜团和表达特点。

因为他才可以理解小说的最重要场景之一，亦即第一部的结尾部分，阿梅丽亚之死不寻常的情节。这位笃信天主教的老妇，极为坚持自己的宗教信仰，但是在死亡之际不是仰望十字架上的基督，而是看着弗雷德里克，在死亡时刻似乎只关注他。这个奇异的场景是作为一个情节配置的，但不能只从事件的进程来解释，它还具有更深刻的道理。的确是有的，如果我们记得，尼采是不仅仅把狄俄尼索斯和基督对立起来，而且还在此前的著作中把疯狂和自己对立起来。因为这一事实而产生一个问题："对于这个女圣徒来说，在死亡之际，弗雷德里克变得比基督还重要吗？"还有其后的解释：

"她当真爱上了他吗？但是这不是爱情，这里涉及的是更具个人性质的因素，这个女人把他看成了审判者——她不甘心的是，在没有把他拉到身边，没有向他表明自己是和他一样'终极的'，作为现象，他们是同样基本的、本质的，同样重要的。她很看重他的见解。然而，她不是寻求基督对自己存在的承认和肯定，而是来找他，一个凡人，只因为他具有不寻常的意识，这已经是惊人的异教行为了，是为了生命而否认绝对者，承认是人而非上帝——这是人的裁判。也许在当时我没有清晰理解这一点，但是他的目光和活人结合一事，令我连打寒战，而玛丽亚手中的上帝的形象仍然没有受到注意。"

总而言之：弗雷德里克反对被钉十字架！这不是主角和基督并列的唯一情节。在同样有关尼采最后著作的一封奇异的信件中，我们看到了这样的论断："我是基督，被钉在十六岁的十字架上。再见！在各各他见。再见！"

如果我们记得尼采著作——因而——承认弗雷德里克的形象是尼采在这部小说中的体现，或者——至少——是对他的暗示，那么，这些细节就可以理解了。关于伴随阿梅丽亚死亡情况的叙述，是对尼采在人类学层面上的引用和——在某种程度上的——温习。我不排斥这样的可能性：正是在小说的这些地方可以看出与尼采本文的直接联系，贡布罗维奇有了这样多的暗示和间接引证，这一切——可以说——实际上确认了这里提出的论题。现在我还不能显示在文本上和尼采关联的细节，但是情况表明，这样的关联很多，而我可以展示的关联是，贡布罗维奇在零散的文本中对《查拉图斯特拉如是说》作者的言论，事实上就是他在临终前病榻上做的震撼人心的哲学史评论之一。如果我们注意到，两个文本都谈论了生命这一主题，则类似的状况自然而然凸显：

"尼采……站在生命的一边。……尼采认为，生命并非某种善物，我们是被判定赋予生命的。这一点在尼采那里引发出悖论，涉及他对残暴和严厉（毫无怜悯）、对皮鞭和武器的承认。……没有上帝就没有外在世界的律法。//对于尼采而言，唯一的律法就是对生命的确认。这是反基督的哲学和无神论的哲学。//成为无神论者是不容易的。"

而弗雷德里克正是把自己定义为无神论者，当然，是在那个情势和阿梅丽亚严厉问题的影响下承认的，那个问题实际上是一个论断："您是无神论者。"虽然这样界定自己，但是他就像尼采、也像贡布罗维奇本人一样，知道成为无神论者不容易：

"在对这样微妙的事物表达看法之前，他左顾右盼，好像要检查一番世界似的。他说……因为他必须是，他没有别的可说，而这个回答又是这个问题所决定的。

'我是无神论者。'"

毫无疑问，弗雷德里克不是不足道地、简单地知道“上帝是没有的”那样的无神论者。他不是，就像尼采不是无神论者那样，虽然他说："上帝死了。"他的专论是这样论述的：

"'上帝死了'这一论题不仅是无神论，而且更是作为一切现象的客观意义（或者更高理性）的反论的虚无主义宣言。这个论题比否认上帝存在具有更为概括性的意义，这就是要勾销全部的——无论是宗教的还是哲学的——尝试：尝试把价值观和从中抽取出来的现实分开，尝试在这一基础上解释世界二元论形象。"

对于弗雷德里克来说，正是这样理解的无神论是易于接受的。在小说中，他要建造一个世界，想要通过创造新的、以往不为人知的情景来塑造这个世界。这样的世界，无论是现存的还是刚刚从地基起建造出来的，都没有事先给予的意义，都不接受传统的价值论。即将死亡的阿梅丽亚感受到了事物的这一状态，因为她接受了弗雷德里克的人格和论点：

没有攻击她的信仰——她不需要保卫它——面对作为一道屏幕的无神论，上帝变得多余——没有了上帝，

> 她觉得孤独，她只有依靠自己，来面对一个依靠她所不
> 知的、躲避了她的原则的人物。

在小说中，在我们已经分析了教堂的令人惊奇的场面中，对尼采思想的这类引用也出现过。现在我注意的不仅仅是宇宙的方面，虽然在这一情节中可能是最强烈也最明显，还有给予弥撒独特结束、给予"对弥撒的奇异胜利"令人诧异的叙述。这些表达都记录在故事情节之中，对于故事具有实质性的影响：和教堂阴暗对立的不仅有白昼的明朗，而且还有两个潜在主角的青春气息。而这一对比正好可以用尼采后来构建的对于世界的景象中必定出现的类别来解释。和苦难的宗教对立的是生命的宗教。在我们后来得到的关于阿梅丽亚和弗雷德里克之间出现的情况的记述时，这个对比就会充分地显现出来。

因为他们的心理谋算（Psychomachia）乃是他们二人世界观的对抗。即使贡布罗维奇（作为作家和作为小说主角）来评论这一对抗，他也不会给予评价，而是要解释场的错综现象。他不会直接和敞开地宣示自己的好感何在，虽然在这一争论中——情况表明——他是站在弗雷德里克一面的。

有一点也许不可排除：《色》乃是尼采主义在波兰文化中最近的（到什么时候？）一次胜利。

但是，对于弗雷德里克形象的解释不可局限于揭示这个人物的尼采门第。在小说的构建中，这个人物扮演了特别的作用；对于小说主角来说，弗雷德里克扮演了不同寻常的角色，因为他不仅是故事诸事件的参与者，而且还是这些事件的制造者。作为创造者、设计者、导演而君临全部的事件。主要人物事先就被授予掌控时间和在得到描写的世界中发生的一切之特权，这一角色在小说题材的传统中不是不为人知的。主要人物主导这个世界不是凭藉自己强劲的人格或者智慧的灵活技巧———一般情况下，他是缺乏此二者的———他实施主导凭藉的是，他有权预告他们的未来，即使不是自由自在地、也是按照某些事先采纳的原则———他可以评论发生的事件、地点、人物，可以归纳、降低或者提高及指明各种含义。我们所说的主要人物，是指过去一个世纪带有论题的小说所熟悉的说理者。弗雷德里克君临整个小说的世界，说他君临，是因为在某种程度上他被他的创造者带到了小说的页面，但是他没有早先的那说理人所享有的特权。毋宁说，他是一个反说理者，旨在创建某一种世界，直接塑造现实，他没有权力否定神秘事物。这个反说理者构成了对尼采人格和思想的暗指，在他所创造的这个世界里——风暴的中心，感觉很好。在这样的反说理现象中，也表现出来了这篇非凡小说的哲学气质；即使小说里出现了某种概括叙述、思考或者格言，这一切也是被置于一定的距离之外。伟大的文学所具有的哲学性质，在这里是叙事本身和叙事世界的事务，但不是生硬添加的评论或者概论。在这样构思的哲学小说中，如果一个人在某种意义上是哲学家，并且是以其全部的存在来求助于伟大的哲学家，那么，他就只能是反说理者。

三

但是，《色》不仅是一部哲学小说，而且——无论如何也可以认为——它也是一部情色小说。不过，二者并没有矛盾，而且，弗雷德里克的活动都是凭藉着爱情设局展开的。然而，所谓爱情小说有神秘意思呢——首先——为什么、有什么原因，这部小说具有这样一个非同寻常的标题呢？怎样为这个标题辩解呢？哪些因素成为这个标题的主因呢？让我们从更近的距离来看看这些问题吧。

"色"这个词在小说中只出现过一次，在开始设局的时候，弗雷德里克想要撮合海妮亚和卡罗尔，但他知道，所达到的结果极为有限。

"大家该睡觉了吧。"他打一个哈欠。又喃喃地说："大家该睡觉了吧。"

不行啊，这实在是不可容忍！什么、什么都没有！只有我向他们抛出去的色欲！还有我对他们无底洞一样的愚蠢感到的愤怒——这个小子蠢得像一头小驴，丫头蠢得像一只笨鹅！——因为只有愚蠢才能解释这里是一无所有、一无所有、一无所有！……唉，他俩要是再大几岁就好啦！

在另一个地方——在关于海妮亚完全的平常行为的叙述中——出现了"不雅"（Nieprzyzwoitosc）一词，在又一个地方又谈到"某种情色的结合，特别的和情色的地点"。这些能够为标题辩解吗？在自己的评论中，贡布罗维奇断言："当时这个标题不是太坏，今天因为黄色文化太多，这个词语变得下流，在几种语言中被取代为'引诱'。"所以，这样的标题必定形成一种挑战，变成吸引读者注意力的强劲的出击，作者的意图——可以猜想——就是这样的。贡布罗维奇是一位对文学技巧极具强烈意识并贯穿始终的作者，不满足于对标题的外在的辩解。可以看出，他要展示《色》里建造的世界的某些特征。

因此，这是可以想象出来的最独特的情色小说（或者关于情色的小说），在这部小说里，实际上没有作为现实的爱情情节，存在的情节都是某种潜在的情景，是事件的集合，这些事件还有待于结晶和完成。爱情的情节在某种方式上是艺术的构建，实际上强加给了两个少年人物海妮亚和卡罗尔。这是一个剧场，是以导演本领见长的弗雷德里克竭力用有血有肉的人来扮演的戏剧。在这儿，我们可以说这是强加的和迫使的情色。在贡布罗维奇的创作中，这不是新的现象，我们在《费尔迪杜凯》的最后一个情节中就已经看到：对佐霞的诱拐不能解释为主角激荡的爱情，而是付出习俗的财礼。情色都是以自然的方式和自发性结合在一起的，而在贡布罗维奇这里，情色却不是自发性的——而且这不仅仅是在《色》里，虽然在这本小说里这一特点表现得淋漓尽致。既然《色》缺乏自发性质，这个标题又从何而来？对于这个问题难以给出答案，但这并不是说不应该提出这个问题。

　　肯定地说，这个标题不仅可以和自发性的欠缺联系起来，而且还可以和——特殊的不恰当性联系起来。事实上，这里的一切都是不恰当的——首先就是这个"奇异的情色结合"。弗雷德里克的行为是不恰当的，而其他人物的行为也是不恰当的。有时候真是不由得想说——是不恰当的匪夷所思。每一个被卷入这个情色结合体中的人——可以说——都有不恰当的时刻。卡罗尔是这样："离开我们，跑到老婆子那儿好像要对她说句什么话，却突然掀起来她的裙子。"海妮亚亦然：她意外地说："至少我嫁给他以后，不会和别人乱来。"当然，可以说，这儿涉及的是怪事和不能做的事。但是，在贡布罗维奇的叙事中还没有怪事，因为如果叙述某事，就会给予这些事件某种意义，某种功能。的确，卡罗尔对半老农妇的行为也好，海妮亚突如其来的、很不适合于小家碧玉的粗鲁言论也好，无论在现实层面还是在心理层面上，都缺乏动机。所以只能解释为预先制定而后置入总体叙述构成的——非恰当性。

　　在某种程度上可以说明标题的另外的因素，就是情色和暴力的结合。依据这一结合的是叙述的概念和与之联系在一起的故事情节。在这里，暴力是不断增长的因素，起初表现为踩死蚯蚓，后来变本加厉变成一系列的谋杀（在《色》里，尸体出现之频繁，犹如莎士比亚的历史剧）。

四

在这里，我提出了自己对《色》的解读。解读得不充分、不透彻，阐释仅涉及选出的一些问题，我现在觉得是最重要的问题（二十年前我发表了关于这本小说的第一篇散论，那时候解读得稍有不同）。当然，现在的阐释不是最终的，因为不存在最终的阐释——不存在这样的作品。这篇文章是某种提示，尝试性的阅读指导。说是尝试，因为每一个读者都能够提出自己的见解、问题和心得。文学作品都不会预先作出关于阅读方法的先见，因而文学作品可以按照许多方法阅读。

常见的情况是，作品越杰出，越允许不同的阅读方式。在文学的取舍上，我不打算赞扬相对主义，这里值得注意的一点是，作品越是伟大，给选编者提供的机会越多。《色》是一部重大的作品，与这一规律没有矛盾。所有的阅读、所有的阐释都没有能力穷尽它的含义，都只构成对它的某种形式的接近，以挖掘出显现得最突出的意义、表达和象征。伟大的作品正因为是读者和阐释者能够谈论的对象，所以才永存于世；否则，就可能不是伟大的作品了。而贡布罗维奇的《色》无疑是伟大的作品。

一九九四年八月

译后记

　　小说《色》标题的这个译名，是力图寻找一种中文里的对应。之前的报刊和学术著作提及这部作品的时候，使用的都是《春宫画》。

　　这个标题的波兰语原文词语是"Pornografia"，拼写和意义与欧洲其他诸语言中的这个词一致，来自希腊语 pornographos＝porne＋grafe，指"妓女＋线描"，亦即，色情描写，包括文学作品、美术、影视中的色情描写；亦可译成"情色"，似乎比"色情"好听一点，更有人译成"风化"，虽然很雅，却似乎不太符合原意了。

　　然而，这里的"色"和上面的叙述，距离很大，读者如果想从这部小说中找到上述意义上的色情，恐怕会失望的。

　　同样，作者对读者投出这个词，目的大概是要引起读者的兴趣，但是，这是一部严肃的文学作品，写法独特，和他的其他三部小说一样，都是二十世纪波兰文学中重要的杰作。

阅读波兰诸评论家的见解，大致综合如下：

这是一部重大的作品，任何方式的解读和阐释，都不能穷尽它的涵义，都只能是对小说的某种形式的接近，都是获取看起来最突出的那些意义、表达手段和象征的方式。

贡布罗维奇自己在小说法语译本前言中写道，"这不是一部讽刺作品，而是小说、古典风格的小说……描写中世纪式的两位先生和两位少年的小说，感性意义的形而上学的小说。"他在《日记》中也说，"《色》是不是复兴波兰情色小说的尝试呢？有一种情色可能更适合我们的命运——我们近年来的历史——由暴力、奴役、屈辱、不成熟的斗争构成的历史，这一历史把我们推进了意识和躯体的黑暗深渊；是不是寻找这样的情色的尝试呢？"

这部小说表现了陷入衰竭和停滞状态的传统文化和民族习俗，这里有历来的礼仪、农业经营、订婚仪式、宗教活动、民族解放战争，但是这一切都不过是"纯粹的形式"，即使参加，也很难做到全心全意。生命的汁液何以枯竭？也许是因为"上帝死了"，也许是因为由于老迈，也许间接的原因是战争的非人性和爱国牺牲的重担；为国家民族的斗争一再考验个人的心理状态和个人对于集体需求提出义务的感受。所以，《色》表现出了构成民族生活特质的价值观的危机：宗教的衰落、农庄家庭理想的丧失（虔诚的阿梅丽亚即其守卫者）、传奇般游击队领袖的心理崩溃。

主要人物维托尔德和弗雷德里克见证了各种礼仪和权威的普遍性危机。同时，良好的教养、同伴的共识禁止他们承认公开表现出来的这样的事态造成的痛苦和不便。出自同样的原因，他们也不能够互相体谅，因为他们心理的下意识因素在复活了的世界上发现了也许是最后的生命核心，这一核心在他们身上唤醒了情绪和欣喜。这种神秘的、情色欣喜的核心，从因缘上说，是青春。从村中小教堂做弥撒这一关键场景开始，在《色》中就开始了返回全部现实的令人厌烦的程序。正是这两位主角开展了奇怪的精神的过招（……），同时编导场景：用情色情景令一对少年男女互相接近，拉近老年和少年——或者自己与少年，其手段是彼此的欣赏和独特的"相互效应"，到最后改造周围全部的现实，使其成为事先引人入胜奇事的框架。可是，情色的内容很快遭遇到了残酷和犯罪——似乎必须亲手杀死旧世界，一个新世界才能在它的废墟上升起。《色》是以接二连三的尸体结尾的。这些尸体似乎就是无法遏制的疯狂之产物。然而，小说的结尾是依从了某种严格的逻辑的；这一逻辑的各种组成因素都有特殊的"意义"；小说第一部的礼仪缺乏这样的意义，亦即，这一点可以予以解释，引证一种专门的"法则"，这是主要人物为自己创造的"法则"，而他们自己的情绪验证了这一"法则"。因而，这本显得是造谣生事的作品，在最后还是站在法则和秩序的一方——虽然这是在在充满情绪变化的人与人之间关系中暂时在某一狭小地点形成的秩序。

《色》已经被翻译成法语、意大利语、德语、英语、挪威语、日本语、西班牙语、芬兰语、葡萄牙语、塞尔维亚-克罗地亚语出版。

《色》的情节是，这两位年长的先生遇到一对少年男女；似乎某种强烈的性吸引力把他们联系了起来。但是实际上这一对少年男女并没有感觉到这样的情感。这个情况令两位先生失望，因为他们渴望这美好情感成为现实、青春诗意的迸发，所以进而尝试唤醒少年男女，让他们彼此相爱，投入彼此的怀抱。这二位先生着魔于青春之美，自己也爱上了这一对少年男女。他们原意不惜一切代价深入这一优美，和少年接近……于是想到，共同完成的罪孽也许可以使得他们深入对他们封闭起来的亲密关系。于是他们组织了这一次的共同谋杀行动。

贡布罗维奇在《日记》中写道：

> ……我最想指出的是"色"与形而上学之间有什么关系。

> 让我们尝试表述一下：众所周知，人追求绝对物，追求完满。——绝对的真理、上帝、完全的成熟，等等。拥抱一切，完全地实现发展的过程——就是这个最高的指令。

> 而在《色》（……）中，出现了人对另外一个、也许是最隐秘的、不太合法的目标——人对不完满的需求……对不圆满……对青春的屈从……

> 小说关键场景之一在教堂里，在弗雷德里克的压力下，弥撒受阻，同时受阻的还有绝对物上帝。于是从宇宙的黑暗和虚空之中涌现出新的神性——尘世间的、性感的、未成年的神性，构成者是两个未成年的少年男女，他俩正在创造一个封闭的世界——因为他俩相互吸

引（……）如果哲学家说"人想成为上帝"，那么我就像补充一句"人想变得年轻"。

总之：青春代替上帝；如果说按照我们这些人的传统，在"爱情"这个词的下面要加上"上帝"这个词，那么，贡布罗维奇的口号也许可以说是：用青春代替爱情。

这部小说描写的是人生经验的一个片段，其中心是对青春的追求。这是人类最大的、永恒的追求之一，但是这样又常常和某一文化的特质结合起来，亦即，与宗教心理、文化历史积淀、民族心理特征、时代背景结合起来，这一切都在小说中得到表层和深层的形象描写，表现在故事情节与人物性格的刻画之中。

本书根据波兰语原文译出，参考了英语译本。

二〇一一年五月二十五日于山西大学